ハヤカワ文庫JA
〈JA1247〉

# 黒猫の約束あるいは遡行未来

森 晶麿



早川書房

7863

# 黒猫の約束
# あるいは
# 遡行未来

目次

第一部　遡行する塔　7
第二部　定められた未来　119
第三部　黒猫の約束　219
エピローグ　282
約束の朝、
——黒猫視点によるヴァージル・ホテルの朝——　313

# 黒猫の約束あるいは遡行未来

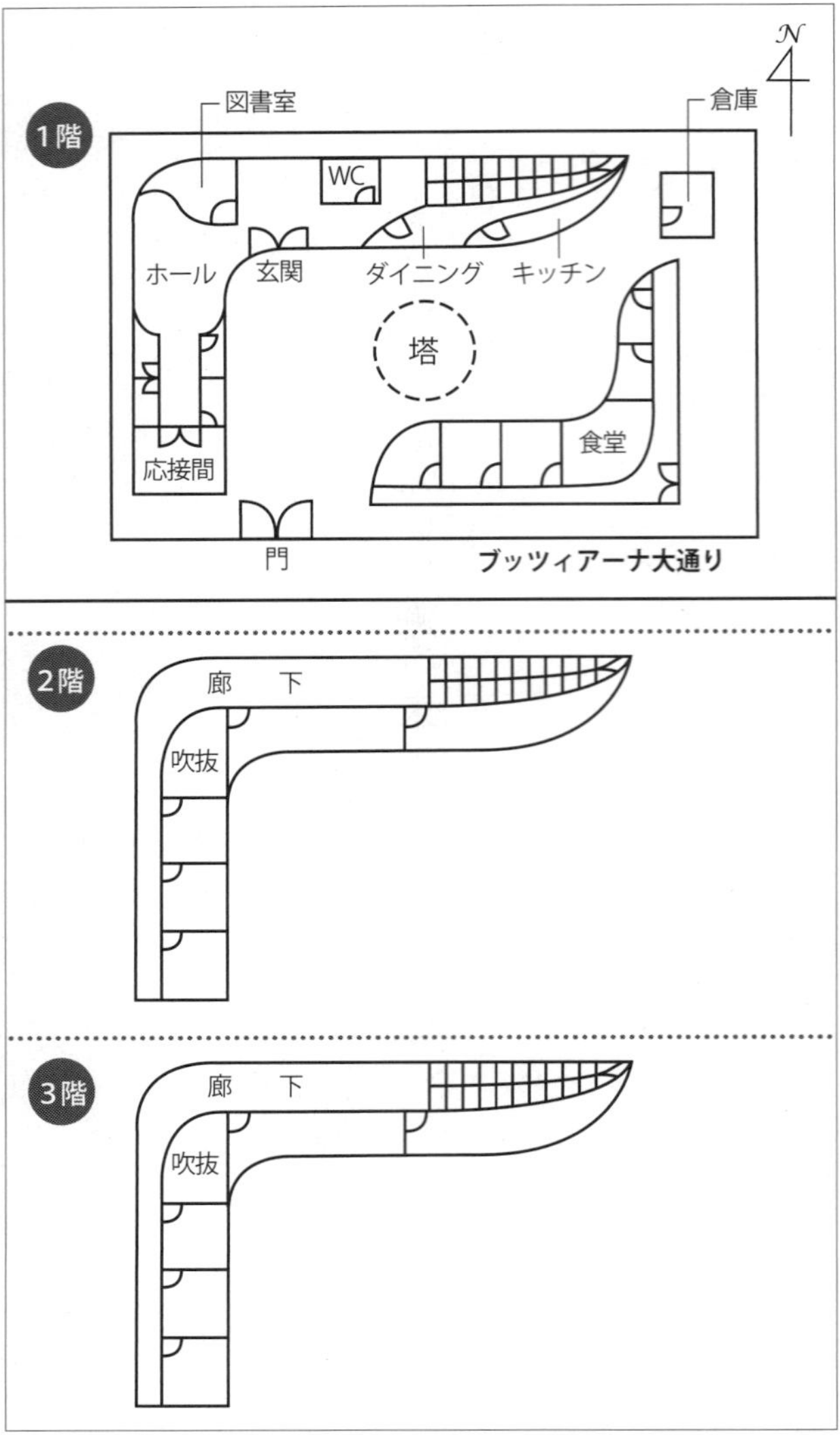
N
1階
図書室
倉庫
WC
ホール
玄関
ダイニング
キッチン
塔
食堂
応接間
門
ブッツィアーナ大通り
2階
廊　下
吹抜
3階
廊　下
吹抜

# 第一部　遡行する塔

# 第一章

## 1

長い冬の眠りから覚めるように、飛行機がゆっくりと動き出した。シャルル・ド・ゴール空港からパレルモ空港まではおよそ二時間半。

ちょっとした現実の小休止。

これから二日間パリを離れるのだと思うと、マチルドの心は路上で靴を失くしたかのごとく心細くなった。

生まれ故郷であるタヒチではなく、パリに対してこんな気持ちを抱くようになっているのは、奇妙なことだ。いつの間にか、都市は身体の一部となってしまうらしい。

赤いコートを着た少女が、空港のロビーの窓から手を振るのが見える。見送られている誰かには、その姿が見えているだろうか。

「都市から自由でいられるのは、乗り物だけなのかも知れませんね」

ぽつりと、そんな感想を洩らした。

「何だ、世界最速のホームシックか」

通路側に腰かけた黒いスーツ姿の男が微笑を浮かべて尋ねる。膝にかかったダークブラウンのコートは艶やかな光沢を放ち、その人物が全体にまとっている洗練さと上質さに華を添えていた。

「そういうわけじゃないですよ」

「おじいちゃんに会いたいって泣き出すのは勘弁してくれよ。そこまで面倒見きれない」

「な、泣きませんよ、失礼な！」

ふふっと笑って、黒猫は手元の本に目を戻した。

黒猫――人は彼のことをそう呼ぶ。マチルドの祖父にしてポイエーシス大学の学長であるジャン・フィリップ・ラテスト教授は、彼を日本からフランスの自分のもとへ客員教授として招いた。

そこには大学内の紛争を鎮静させる狙いのほかに、思想の継承と発展という意図があったようだが、その辺りの事情にはマチルドはあまり深入りしないようにしている。

「それにしても、なぜ君がついてくるんだ？」

「いいじゃないですか。たった一泊なんですから！　おじいちゃ……いえ、ラテスト教授は私が黒猫の同行者に適任と考えたんですよ」

「束《つか》の間《ま》の静寂を楽しみたくなったのかな」

「どういう意味ですか、それ」

「べつに」

「違いますよ。私、イタリア語に堪能なんです」

語学履修でマチルドはイタリア語を選択していた。これから向かうのは、靴の形をした国、イタリアの南端に位置するシチリア島である。海岸沿いのリモーニアという小さな田舎町で、ある調査をするのだ。

「屋敷の主は日本人らしいから、君がいなくても何とかなったと思うけどね」

「いえいえ、きっと役に立ってみせます！」

マチルドは胸を張る。明後日のグループ発表会の資料を一足先に揃えてスケジュールをわざわざ空けたのだ。役に立たずして何としよう。

黒猫は片方の眉を吊り上げ、それからまた本に目を落とす。

「何を読んでいるんですか？」

「イマヌエル・カント『純粋理性批判』。古臭いけど、これから見る建築物を論考する上で多くの示唆がある」

「へえ、そうなんですか」

無邪気に感心していると、鋭い視線が突如向けられた。

「はい、ここで問題。僕たちがこれから視察に向かう建築物について君の知りうる情報を、適切にまとめて話してごらん」

これだから教授という生き物は恐ろしい。せっかくの旅行気分が一瞬で吹き飛んでしまう。マチルドは覚えているかぎりの知識を総動員する。

「調査対象は〈遡行する塔〉。設計者はロベルト・ガラバーニ。シチリア生まれのイタリアを代表する建築家です。自殺するまでの三年間に建設した未完の作品〈遡行する塔〉で一気に評価が上がり、ガウディの再来とまで言われました。享年三十八。彼の死後は塔の建設も行なわれなくなりました。建築家が亡くなっても建設自体は続行されるケースもありますが、ガラバーニの場合、設計図やドローイング、ミニチュアを用いずに口頭で建設を進める形式をとっていたため、続行が困難になったのです」

「ふむ。それから？」

「その後、若い建築家グループが共同して完成図を設計しようと試みました。しかし、塔の上層部がラッパのベルの部分みたいに開いて頭でっかちなこと、さらにそのアンバランスな頭部が隣のガラバーニ邸に向けて項垂《うなだ》れていることから、建設の続行は不可能と判断されました。力学的にまだ崩壊していないことが奇跡なのだそうです。以来、〈遡行する塔〉は現代建築の臨界点と考えられ、〈不可能建築〉と呼ばれています」

黒猫がパチパチと熱のこもらない拍手をした。

「及第点だな」

「むっ……もっと褒めてくれてもいいと思いますよ、徹夜であれこれ調べたんですから！」

「よく調べてある。でも、肝心な部分が抜けてるな。今回僕らがその〈不可能建築〉を視察に行く理由にもなっている部分が」

「あ……それは今から言うところだったんですよ」

マチルドはメモを取り出す。

「えーと、〈遡行する塔〉は、ガラバーニ邸の敷地内に建っています。ガラバーニの死後はその長男アルベルトが管理を続けていましたが、三年前から異変が起こっています。ここから先は先日ラテスト教授と黒猫がしていた話になりますよ？」

そう言った瞬間、黒猫の口元に小意地の悪い笑みが浮かんだ。

「ふふ、なるほど。狸寝入りしていたわけか」

「あっ……」

しまった。今回の調査事案を確認すると見せかけて、黒猫はマチルドが先日本当に寝ていたのか狸寝入りだったのかを確かめようとしていたのだ。

「だ、だって気になるじゃないですか！　塔が〈成長〉しているなんて」

まあね、と黒猫は答える。

そう、マチルドたちが〈遡行する塔〉へ向かっているのは、その塔が設計主を失ってなお〈成長〉し続けているからなのだ。

マチルドは、一週間前の祖父の自宅でのやりとりを思い出した。

## 2

二月最後のその日、マチルドはバティニョールにある祖父の自宅の居間でタイピングの手伝いをした後、少しうたた寝をしていた。

外では、朝から雪が降り続けている。こんな日はよほどの用事でもないかぎり暖炉のそばでじっとしているに越したことはない。大学が全休講になったことに感謝しつつ気持ちよくまどろんでいると、ノックの音が響いた。

まだ午前中、どうせ気の早い新聞屋が二年先の契約まで取ろうと訪ねてきたに違いない。放っておこうと思っていると、祖父が奥から「入りたまえ」と言った。

すぐに扉が開き、ミニスカートから伸びた腿《もも》の辺りに、冷たい風がふわっと当たる。薄目を開けると、黒猫が玄関先で肩に積もった雪を払って入ってくるのが見えた。

彼は、暖炉の前で丸くなっているマチルドに一瞥をくれると、「毛布をかけるべき置き物が一つありますね」とラテストに話しかけた。

ラテストは笑いながら「そのようだな」と答え、マチルドの膝に毛布をかけた。それから二人は居間のテーブルを囲むようにして腰を下ろした。

「どうかね、最近の調子は」祖父が尋ねる。

「大学のことですか？　それとも論文の進み具合ですか？」

「両方だよ」

「どちらも順調に絶不調です」

けっこうけっこう、とラテストは答える。

「教授のお身体の具合はいかがですか？」

「あまり芳しくはないが、天候と同じさ。なるようになる」

実際のところ、ラテストの体調は天候よりも厄介だった。医者が病の重さを指摘したうえで入院を強くは勧めなかったのも、病魔の進行が現代医療で処置できないレヴェルに達していたからだ。

マチルドがその件を告白されたのは先週のことだった。もちろん、それは彼女にとって非常にショックなことだった。もはや親族と呼べる人間は祖父をおいてほかにはいない。

しかし、ラテストはマチルドにこう話した。

――私の死について考えを巡らすのはやめなさい。それよりも、毎日話をしておくれ。

私はお前に大切な言葉をあますところなく伝えるつもりだし、伝えきったときに死ぬつもりだ。

それは、彼の宣言だった。他人の寿命など、どうなるかわかるものではない。すべてを伝えきって死ぬなんて実際には無理に決まっている。それでも、あえてそう宣言した。だから、マチルドもこう考えた。祖父が言うのならば、そういうことなのだ、と。

「そろそろ君とも、思想のやりとりをしていきたい。そのために日本からわざわざ呼びつけたのだからね」

「ええ。気持ちは同じです」と黒猫は静かに答える。

「だが、面と向かって芸術について語り合うには、もしかしたら限界がきているのかも知れない、と感じている。君は私の著作をあらかた読んでいるし、すでに私より尖鋭化された思想を育《はぐく》んでいる」

黒猫は何も言わなかった。謙遜もしない代わりに、否定もしない。それもまた黒猫らしい対応だった。

「そこで考えた。君とある体験を介して対話を行なうことは、面と向かってやりとりをするよりもいっそう有意義だ、とね」

「ある体験を介しての対話、ですか」

黒猫はラテストの真意を測りかねているようだった。

ラテストはその沈黙をしばらく楽しむように椅子を揺らしてから、こう切り出した。

「じつは、忙しい君をさらに大変な目に遭わせてしまうのだが」

「お電話をいただいた段階で、ある程度覚悟はしています」

「ならよかった」一呼吸置いてラテストは尋ねる。「〈遡行する塔〉のことは知っているかね？」

「ええ。美術史的な知識程度ですが」

「よろしい。じつはね、三年ほど前から、再びあの塔の建設が進行しているらしいんだ」

「何ですって？」

ラテストは明らかにマチルドが起きるのを警戒するようにして、声を潜めた。

「まだこのことは、研究界隈ではガラバーニ学会の会員で私の古くからの友人であるリッツィアーノという男しか気づいていない」

「何となくそう見える、といったことではなく、真実進行しているのでしょうか？」

慎重に言葉を選ぶ黒猫の疑念を払拭《ふっしょく》するように、ラテストは大きく頷いた。

「私有地だから観光客も塀の外からしか眺めることはできないが、リッツィアーノは屋敷の主の許可を得て、三年前の八月に敷地内から撮影をした。すると、項垂れたアサガオのごとく屋敷を見下ろす塔の、ラッパ状に開いた先端の空洞部分に、ふっくらと膨らんだ円蓋《えんがい》が外側から内側に向けて三分の一ほど被せられているのが確認できた。つまり、塔の屋根ができようとしていたんだ。この増築部分は、塀の外からでは確認できない。だから屋敷に出入りしたことのある人間しかこの事実は知らない。荒唐無稽で非現実的な現象に、彼も公表していいものか戸惑っている。なにせ——」

「〈不可能建築〉ですからね。円蓋に支柱は？」

「使われていないそうだ。その後、土地の所有権が現在の家主に移った二年前から今日までに四回、合わせて五回、彼は敷地に入って撮影を行なってきた。その結果、塔が相変わらず〈成長〉を続けていることを確認したんだ」

写真を持って来よう、と言って立ち上がると、ラテストは引き出しに向かい、そこから写真を取り出して戻ってきたようだ。

薄目で様子を確認すると、黒猫はその写真を受け取り、食い入るように見つめていた。

「なるほど——疑いようがないですね」

「この時点ですでに力学的な余裕度の不足が生じているという話だ。驚くのはまだ早い。これが三カ月前に撮ったものだ」

それを見た瞬間、黒猫は言葉を失った。

マチルドは何としても件《くだん》の写真を見てみたいと思ったが、彼女の位置からではうまく写真を覗き込むことはできなかった。こんなことなら寝たふりなんかしなければよかった。

「塔は限りなく完成に近づいている。ガラバーニは不可能な構造で〈成長〉する塔を考案してしまったようだ。現在それを〈成長〉させているのが誰であれ、その〈成長〉にガラバーニの創造理念があるのは間違いあるまい」

「材料はどうなっているのでしょう？」

「もともと、ガラバーニは最後まで建築できるほどの石材を敷地の隅にある倉庫に用意していたようで、その倉庫は今もそのままになっているらしい」

「倉庫から石材を持ち出せば、ガラバーニの遺志を知る者なら誰でも建設を続けられるわけですね。しかし、僕の知るかぎり彼は――」

そうだ、とラテストは力強く頷いた。

「彼は設計図もドローイングも描かない。彼はあの塔に着手するまで、三十歳からじつに五年間建築を放棄し続けていた」

そこでラテストは一度咳き込んだ。このところ、日に日にラテストの容態は悪くなっていた。咳の音がするたびに、マチルドの心もまた死の恐怖にさらされることになった。

ラテストは続けた。

「そんな男が五年の沈黙の後、取り憑かれたかのように創作をはじめた。残念なことに彼は完成させることなく自殺してしまったが、その塔は彼の死後も〈成長〉し続けている。それも、力学的に不可能とされている形で。それがどういう意味か、君ならわかるはずだ」

「限界に挑んだ芸術作品は、作者の企図を超えて真理の暗号と化す。ゆえに美学上の重要なイデーが含まれている——ということでしょうか？」

ラテストが拍手をした。祖父の最大限の賛辞。

「然様《さよう》。そして美学は科学、哲学、政治、それらの根幹にある重要なフィルターだ。美学的問題は、同時に諸相のベクトルに関わる形象でもある。黒猫、現地へ飛んでもらえないかな？」

「……それが、あなたとの対話になるのですね？」

「作者を失ってなお〈成長〉する芸術は、いささかすれた美学者同士の恰好のトピックになるとは思わないかね？」

「わかりました。行ってきましょう」

満足げにラテストは微笑んだ。

「滞在は一泊だが、飛行機で向かえば、調査時間はじゅうぶんに取れるだろう。リツィアーノには連絡を入れておく。ガラバーニ邸は二年前にヒヌマという日本人の富豪が買い取っている。レモン社の代表取締役と言えば、知らない者はいないだろう」

その名はマチルドでさえも知っていた。

「クニオ・ヒヌマ。世界的なＩＴ企業の頂点に立つ男ですね？」と黒猫。

クニオ・ヒヌマに関する伝説は有名である。十代で起業した天才児。つねに一歩先の世界をイメージせよとの企業理念をもち、革新的なアイデアを数多く産出してきたことでは、ライバル社さえも敬意を表している。失敗する社員を咎《とが》めない温厚さと、無難なアイデアに固執する社員を即刻クビにする冷血漢という二面性もよく知られるところだ。

「ヒヌマはアルベルトの事業が傾いたところに付け込んだようだが、そもそもレモン社の関連企業である証券会社のせいでアルベルトが大損をさせられて、屋敷を手放すことになったらしい。ヒヌマがその土地欲しさに仕組んだ、とも考えられる。趣味人でコレクションのためならどんな手段をも厭《いと》わない男だ」

「塔のほかにも思惑がいろいろあるわけですね」

「一つ心配なことがある。ヒヌマ氏は、日本人だし、英語にも堪能らしいからコミュニケーションには何ら問題もないだろう。ただ、君に現地で同行するリッィアーノは英語論文は得意なくせに喋るほうはからっきし駄目な男でね」

「僕のイタリア語は幼児の日常会話レヴェルでしかありませんから、リッィアーノ氏に対応できるかどうか……」

「通訳を一人つけよう」

「優秀な人材をお願いします」

よかろう、といたずらっぽく笑ってラテストは答えた。

黒猫はそれからふと重要なことに気づいたようにこう言った。

「待ってください。塔が〈成長〉をはじめたのは、たしか――」

「三年前」

「となると、アルベルトの管理時代から〈成長〉の現象は始まり、土地の持ち主が替わった現在も続いているわけですね？」

祖父は神妙に頷いた。

「そしてもちろん、ひとりでに塔が〈成長〉するはずもない。ガラバーニの遺志を継いでいるのが何者か、興味深いところだろう？」

ふむ、と黒猫は唸るにとどめる。彼は指を下唇に当ててとんとんと叩きはじめたところだった。これは黒猫が何事かに夢中になりはじめたサインだ。

「すまないね。これから休暇だったのに。いずれきちんと君を日本に帰してやれるように取り計らうから」

「お心遣いに感謝いたします」

黒猫、やっぱり日本に帰りたいの？

それは――誰か大切な人を置いてきているからですか？

眠ったふりをしている現状が煩《わずら》わしかった。

黒猫がドアを閉めて出て行った。

しばらく経ってから、たった今目覚めたように目をこすりながら祖父の部屋に顔を出すと、イタリア行きを頼まれた。もちろん、マチルドは何も知らないふりで引き受けた。

　だが、考えてみればこの時すでに祖父も黒猫も、マチルドが寝たふりをしていることに気づいていたのだろう。

# 3

「君にはスパイの才能が恐ろしく欠落している」

「ええ、そうでしょうとも」

　昔から積極的な嘘はもちろんのこと、何かを知らないふりをすることがひどく苦手なのだ。出先で父親に「ママには内緒だよ」と言って買ってもらったキャンディのことも、母にうっかり喋ってしまい二人に苦笑された。あの頃から自分は成長していないのだと思うと、何だか情けないような気持ちにもなる。

「どうせ知っているんだろうから、きっちり整理しておこうか」

「お願いします」

「問題は塔の〈成長〉が三年前から続いていることだ。ガラバーニの理念を受け継いでいる実行者は、屋敷の主が替わったのに相変わらず敷地に出入りしているようだ」

「ガラバーニ家の時代と、ヒヌマ家のものになった現在の、両方の時代にまたがって屋敷に出入りし、塔を造り続けている人物がいるということですよね？」

「ああ。だが、〈遡行する塔〉を当初計画したガラバーニ以外には、あの塔を建設し続けるのは不可能だと言われている。もっと言えば——」

「ガラバーニでも難しい？」

「そういうことだ。ただし」黒猫はボトル入りのペリエを飲む。「〈不可能〉ってそんなに大袈裟に考えることもない」

「え……どういうことですか？」

「人間の歴史はつねに不可能を可能にしてきたんだからね。不可能を可能にするのは〈発明〉さ。そして、〈発明〉なんて誰かが必ずやってのけるものだ」

「……そんな発想は私にはありませんでした」

「僕の関心は、なぜ不可能が可能になったかよりも、なぜ〈成長〉が三年前から始まったのか。それを〈成長〉させることにどんな意味があるのか、にある」

「意味……」

「なぜ黙ってやる必要がある？　制作者が表立って行動しない理由は何だ？　どうもこの一件、単純な建築学的な遺志の継承以外にややこしい事情があるような気がするんだ」

「ややこしい事情って……何ですか？」

「それは、塔を〈成長〉させた存在に直接聞くしかないな」

「やはり——黒猫は何者かが塔を〈成長〉させていると考えているんですね？」

「何者かとは言ってないよ。僕はただ存在と言っただけだ。神かも知れない。それが何であれ、やることはいつも研究室でやっていることと同じだ。図式を探るだけさ」

この方法によって黒猫は若き天才と呼ばれるようになった。

「図式を辿れば、その先にはおのずと作り手の輪郭が浮かび上がる。それが人間でも、神でもね」

黒猫はあくまで美的探求心で塔の〈成長〉を解き明かしていこうと考えているようだ。

しかし、マチルドの目論見《もくろみ》は違った。マチルドは必ず何者かが塔を〈成長〉させていると考えていた。したがって、今回は黒猫の通訳という名目でついてきたが、通訳役に徹しているつもりはなかった。

研究では黒猫の足の親指の先端にも及ばないにしても、推理力によって役に立ちたい。そのためにも、塔を〈成長〉させている人間を特定してみせねば。

再び本に目を落とす黒猫に、マチルドは問いかけた。

「黒猫、この調査の後、日本へ帰るんですか？」

「予定は未定だよ、スパイ嬢。すべては君のおじいちゃん次第さ」

祖父はきっと帰れと言うに違いない。義理堅い男なのだ。

「恋人に会うんですか？」

「そういうくだらないことを考える暇があるなら、自分の研究対象について考察でも働かせたほうがいい」

「黒猫も私の研究対象の一つですよ」

「あまり光栄じゃないね」

「め、迷惑ですか？」

「べつに。光栄じゃないってだけさ」

マチルドは深呼吸して腹立たしいやら悲しいやらの気持ちをやり過ごす。黒猫は口が悪い。自分の勢いがよすぎるせいなのだろう、とマチルドは思う。

彼は必要なこと以外には寡黙な男だ。こういうタイプはパリでお目にかかったことがない。東洋の神秘と言ってまとめてしまうには、あまりにその性格は特殊だった。

時折、マチルドは黒猫に対する感情が恋愛のそれなのかを考えることがあったが、いつも判断できなかった。黒猫の前に立つと、胸が高鳴る。黒猫と話していると血がきれいになっていくような不思議な感覚が付きまとう。

でも——恋とは違う感情のような気もする。たとえば、黒猫が黒猫にふさわしい誰かと結ばれたら、潔く祝福できてしまうかも知れない。その時が来ないとわからないけれど。

「黒猫ってこれまでに恋愛をしたこと、あるんですか？」

「ノーコメント」

　ないとは言わなかった。マチルドは脈ありと判断する。

「……じゃ、じゃあたとえば好きな女の人がすぐそこにいるとします。相手も黒猫のことが好きだとわかっている。どうしますか？」

「どうする、とは？」

「手をつなぐとか、口説《くど》くとか、抱き寄せるとかキスをするとか、ほら、状況次第でいろいろ考えられるじゃないですか」

　自分は何を聞いているのだろう、と思いつつも好奇心が抑えられなかった。黒猫は深く溜息をついた。

「好きな人間が隣にいるからといってキスをしようとするのはほとんど病気だね。そうすることで何かが得られると考えているんだろうな。君もそう考えるタチか？」

「……ケースバイケースです」

　男友達に突然抱きつかれて引っぱたいたこともある。たしかに一概に言えることではない。

「黒猫は触れても何も得られないと考えているんですね？」

「触れて得られるものはあるだろう。だが、失うもののほうが大きい」

「それは、拒絶されることを恐れているんじゃないですか？」

「なぜ拒絶されなければならないんだ？」黒猫はマチルドの頬に手を触れた。「ほらね、拒絶なんかしない」

ドキリとするほどの蠱惑《こわく》的な笑みを浮かべる。

動悸が激しくなる。

黒猫が単に奥手なのではと挑発するような言葉を投げかけた結果、自分のほうが気後れして少女みたいに頬を赤らめることになった。

黒猫の指がそっと離れていく。からかわれたことが悔しかったはずなのに、胸の高揚はいつまでも続いていた。

「わかったら、少し眠るといい。いまの君のテンションだと、到着までに疲れて動けなくなりそうだ」

「……はい」

目を閉じると、ここ数日の下調べの疲労感が体中に押し寄せた。しばらくすると、黒猫がそっとコートをかけてくれた。

柔らかくて、いい匂いのするコート。マチルドはその香りに包まれるうちに、眠りの世界へと誘《いざな》われていった。

# 4

パレルモ空港からリモーニアまではバスで移動した。リモーニアに隣接するバゲリーアに近づくにつれ、バスの中は騒がしくなってきた。

陽気な調子のシチリア訛《なま》りのイタリア語が車内を飛び交う。隣席の黒猫は窓の外を眺めながら、しかし実際には何も見ていないような虚ろな表情をしていた。

「この季節のシチリアは気候が安定している。パリとは違うな」

「でも陽が翳《かげ》ってくると流石に寒いですよ」

時刻は間もなく夕方の五時になろうかというところ。

マチルドは今日の自分のファッションを見直す。

裾の短い黒のチューリップドレス一枚。上からコートを羽織ってはいるが、胸元も足回りもこの時間になると肌寒く感じられた。

「陽が翳ってから暑くなる国を僕は知らないな」

まったくそのとおり。自分の感想が馬鹿げたものに思えてくる。マチルドは話題を変えることにした。

「それはともかく……！　やっぱり空を身近に感じますね」

もう一時間弱は走っている。そろそろバゲリーアを抜ける頃だろうか。

「低層住宅が多いからかな。あと、道路が案外広い」

「でも、これだけ路上駐車が多いとそれもよしあしですね」

　ところ狭しと路面に車が並び、バスがそれを器用によけるたびに中にいる乗客の胃袋まで飛び出しそうになる。

「住宅の採光性を考えれば、いいことなんじゃないかな」

　そう言って、黒猫はこの大揺れにも拘わらず、膝に開かれたままの本に視線を落とす。カントなんて黒猫なら何度も読んでいるだろうに。

「黒猫も外を見たほうがいいですよ。建物の一つ一つが明るい色調で楽しい気分になります」

　褐色の屋根をもつ、薄いオレンジや黄土色の建物。それらが街路樹の緑やアーモンドのピンクの花と織り成す色彩の力強さは、見る者の心を明るく照らさずにはいない。

「見ているよ。人間の視界は君が思うよりずっと広いんだ」

　見ている？　本に目を落としているのに？

「ほら、今さっき奇妙な石像が多く存在することで知られるヴィッラ・パラゴニアの前を通っただろ？」

「え！　ほ、ホントですか！」

　怪物庭園として名高いヴィッラ・パラゴニア。その外観だけでも拝みたかったのに。

「顔を上げていても見ていない君とは違う」

「むっ……」本を読みながらでも景色は見えているようだ。しかし、だとすると……。

「黒猫ってもしかして私が今どんな顔してるのかわかります？」

マチルドは寄り目になってみた。

「なんでそんな馬鹿みたいな顔してるんだ？」

「み、見えてるんですね！」

すごい。いや、そんなことに感動している場合ではない。そうなると、これまで黒猫にバレないようにと思ってちらちら見ていたのも全部気づかれていたことになる。これは迂《う》闊《かつ》だった。

「そろそろ、着く頃だ」

バスは細い路地を右に揺れ左に揺れ、上下にも揺れて進んでいく。

街の色彩が、わずかに変わった。強烈な原色に染められた異郷が、そこに広がっていた。

爽やかな果実の香りが鼻孔をくすぐる。

リモーニアの街区に入ったのだ。

バスが停まると、黒猫はコートを羽織って立ち上がり、手を貸してマチルドを引っ張り起こした。

すぐさま動き出す黒猫を追いかける。

バスから降りると、ティレニア海方面へと沈みゆく真っ赤な夕陽が目を刺した。

リモーニアのお隣、バゲリーアの四季なら、映画などで目にしたことがあった。古くからの建物が多く現存するのどかな街並みには、パリとはまた違った温かみを感じたものだ。むしろ、生まれ育ったタヒチに似た匂いを感じる。

だが、ここリモーニアは、全体に褐色の屋根よりも黄色い屋根の家屋が多く、力強い生命力を感じさせる。やはりレモンの町だからか――。

ただし、なかには窓ガラスが罅《ひび》割れているなど明らかに空き家と思われる家々も多く見受けられた。そうした家々には蔦が絡みつき、ある一軒などは完全に樹に乗っ取られていた。まるで一度は栄えた街が、再び自然に呑まれようとでもしているかのようだ。

「危ない！」

黒猫にぐいと引っ張られ、道の脇によける。

弾丸のような速度で一台の赤いアルファロメオが通り過ぎていく。

「イタリア人はとにかく車を飛ばしまくるから、気をつけないと亡骸《なきがら》をパリに持ち帰ることになるぞ」

「お……大袈裟な」

黒猫はずんずんと進んでいく。細い道は徐々に迷路の様相を呈するが、黒猫は街並みの鳥瞰図が頭にすっぽりと入っているようだ。家々は、細かく音符が重なった近代音楽の譜面のように、小さな凸凹をリズミカルに繰り返していた。そこには見る者の心を落ち着かせる何かがあった。なぜか自分がここで生まれ育ったような気持ちにさせられる、不思議な町だ。

しばらく歩いていくと、徐々に家並みはまばらになり、広い草原に出た。風が緑の絨毯を駆け抜け、その濃淡を自在に変化させる。

それは神々の遊びのようにも見える。

まっすぐ北進していく。草原で遊ぶ子供たちの一群は、どこかそわそわとして見えた。

「明日は地元の祭りがあるらしいから、子供たちも浮き立っているんだろう」

黒猫はポケットからサングラスを取り出してかける。

それからまた、ひとしきり歩いた。

バス停はもう遙か彼方。二十分ほど歩いたところで、空は赤から紫へと少しずつ変わりはじめた。

「ま……まだですか、黒猫」

息を切らしながら尋ねたちょうどその時、微かに――海の匂いがしてきた。

「もう少しさ」

海は見えないが、きっともうすぐ海岸に出るのだろう。

突き当たった緑深いブッツィアーナ大通りを右手に直進してゆく。左右には明日からの祭りのために屋台の準備が進められているようだ。見たところ、準備をしている人の多くは高齢者だ。この町は世代交代がうまくいかなかったのか。

　老人たちは時折二人に好奇の視線を送り、ニコニコと手を振ってきたりする。マチルドもそれに応えて手を振り返す。

「この辺りには、ガラバーニが建築設計をした建物が多く遺されている。ガラバーニはリモーニアの誇りなんだ」

　黒猫はそう言っていくつかの建物を指し示した。その一つ一つは、ゴシック建築だったり、イスラム建築だったりと、模倣する様式が違い、素人目には共通点を見出しづらいものばかりだった。

「一つ一つずいぶん作風が違うんですね」

「彼は三十歳までにさまざまな建築技法を試行錯誤し、そののち長い沈黙期間に入ったんだ。そして――」

「〈遡行する塔〉の制作に着手した……？」

「そういうことだ。リモーニアという町は、ある意味でガラバーニの実験工房だったのかも知れない」

「町が実験工房だなんて、不謹慎な考え方ですね」

「でもそれが建築さ。建築家は神を真似る」

黒猫は、歩調を緩めずに歩き続ける。

それにしても、どこまで歩くのだろうか。そんなことをぼんやり考えていると、黒猫が不意に足を止めた。

「見えたよ、あれがガラバーニ邸だ」

黒猫が指で示したほうに目をやる。

石造りの奇妙な曲線を描く三階建ての屋敷が、門の正面に見えた。向かって左手の西棟と奥にある北棟にL字型に配置されたその建物は、これまで街中で見た建造物とは一線を画する、異様な存在感がある。しかし、それも敷地中央に聳《そび》え立つ、背の高い塔を目にしたときの驚きにはかなわない。

「あの塔が……」

「そう、あれがガラバーニの遺作、〈遡行する塔〉だ」

そこにある大理石製の塔は、写真で見ていたとおり、先端が下向きに咲いたアサガオのように垂れ下がり、屋敷に覆いかぶさるかのごとく広がっている。今にも崩れ落ちるのではと思わず心配になるほどだ。

マチルドは資料の白黒写真で見た若き日のガラバーニの顔を思い出した。やや童顔とも言える甘いマスク、理知的で抑圧的な雰囲気のある目。かなり偏屈な人物だったと評伝には書かれていた。

あの男が最後に建てたのが、この塔なのだ。

評伝によれば、ほとんど屋敷から出ることはなく、自分の妻ともあまり話をしなかったらしい。著者は彼のプライベートに触れる文章のなかで「当時のゴシップ誌でまことしやかに語られていただけで、真偽のほどは定かではない」としながらも、ある醜聞を語っていた。

その醜聞とは、ガラバーニが、敷地内にある従業員用寮棟に暮らしていた当時二十一歳の女性従業員に入れあげていたというものだ。

記事が出た後、ほどなくガラバーニは自殺を図った。評伝は自殺の動機について、死の数日前に失明したこともあり、スキャンダルが直接の原因とは断定できない、と曖昧にまとめている。

「行こうか、リツィアーノ氏がお待ちかねのようだ」

門の前に、丸いサングラスをかけたスキンヘッドの、背の高い初老の男性が立っている。その横には——赤い車。

あれは——。

「どうやら、さっき君を轢《ひ》き殺しかけたのは彼のようだね」

「は……はは」

にこやかに手を振っているリツィアーノ氏に、マチルドは引きつった笑顔で手を振り返した。

だが、次の瞬間、マチルドはあっと思った。

西棟三階の真ん中あたりにある窓のカーテンがさっと閉まったのだ。

誰かが——こちらを見ていた？

カーテンは微かに揺れた後、ぴたりと動きを止めた。じっと見続けても、再びカーテンが開く気配はなく、隙間から誰かが覗いている様子も見られない。

いったい誰が？

マチルドは訝《いぶか》りつつ、いびつな外観を見つめながら門へと近づいた。それから、黒猫の横顔を覗き見た。

黒猫は、さっきの視線に気づいただろうか？

その横顔からは、何も読み解くことはできなかった。

リツィアーノ氏はマチルドと黒猫が近づくと、両手を広げ、がしっと黒猫を抱きしめた。

「うっ……初めまして」

黒猫は英語でそう挨拶した。挨拶くらいならイタリア語も話せただろうが、ぎこちない言語を話すことは彼の流儀に反するのかも知れない。苦しそうな表情でどうにかリツィアーノ氏の熱烈な抱擁から解放されると、黒猫はふう、と深呼吸をした。

その仕草がおかしくて、マチルドが笑うと、黒猫がじろりと睨んできた。慌てて咳払いをしてそっぽを向く。

リッィアーノ氏は興奮冷めやらぬ様子で黒猫に語りかけた。

「君が黒猫だね？　噂は聞いているよ。それにしても若い。うん、若い。もちろん、それはいいことだ。いかなる意味においてもね」

マチルドがそれを即座に黒猫に通訳していると、リッィアーノ氏が嬉しそうに何度も頷きながらマチルドに話しかけた。

「君はずいぶんかわいいね、黒猫のガールフレンドかい？」

耳の先まで真っ赤になりそうになる。大慌てで否定しようとすると、それよりも早く黒猫が答えた。それも――イタリア語で。

「まるで違います。彼女は通訳者です」

今度は睨みつけるのはマチルドの番だった。

しかしマチルドはすぐに内心でこう考えることにした。きっと黒猫はさっき笑われたことの仕返しにこんな風に言っているだけで、内心では照れていたりするのかも、と。

門の正面奥に見える玄関扉が、ぎいいいいと音を立てて開いた。

そこに立っていたのは、薔薇模様のピンクのドレスを着た女性だった。長い黒髪を編み込みにしており、奥二重の瞼《まぶた》、黒の奥に一滴の青の輝きを秘めた瞳が印象的だ。

彼女は艶っぽく笑うと、両手を前で組んで深々とお辞儀をし、わざとなのか、どこか緊張感に欠ける間延びした喋り方で話した。

「ようこそおいでくださいましたぁ。どうぞお上がりください。ヒヌマ様が、皆様がお越しになるのを首を長くしてお待ちしておりまーす」

彼女はヒヌマ家の夫人だろうか。それにしては今一つ品位に欠ける。

「マルタ、私は君のファンだよ」とリッツィアーノ氏がイタリア語で褒めそやすのに対して、彼女は彼への対応に慣れているのか軽くはにかむような笑みを浮かべただけで、マチルドたちを中へと誘《いざな》った。

リッツィアーノ氏もまた、我が家でも紹介するようにドーゾドーゾと日本語をまじえてマルタに続く。

「メールでも話したが、ちょっと事情があって、賑やかなんだよ。ある意味、特別な時期に君たちは来たわけだ」

リッツィアーノ氏は事前に黒猫とメールのやりとりをしていたようだ。明日行なわれるという祭りのことだろう。

黒猫の後ろを歩きながら、マチルドは屋敷の周囲を見回した。屋敷と一階建ての寮棟は敷地の北と西、南と東にそれぞれL字型に配置され、塔が庭園を見守っているかのように中央に君臨している。敷地全体をぐるりと囲む塀には頑丈な柵に加えて鉄条網まであり、外部からの侵入を阻んでいる。

同じように観察していたらしい黒猫が振り返って耳打ちをした。

「外部の人間が関わっているとは考えにくいね」

黒猫がただ感想を口にするはずがない。塔を〈成長〉させている人物はこの屋敷の敷地内にいる誰かだ、と言っているのだろう。マチルドはそう考えて、黒猫の背中に向けて大きく頷いてみせた。

# 第二章

## 1

屋敷の内部は、柔らかな曲線に満ち、鍾乳洞を思わせるいびつな凹凸のアーチの連続が異世界へと誘っていた。

「こちらです」

マルタが玄関ロビーを左手前へ折り返し、奥の部屋に向かって大理石の床を歩くヒールの音がコツコツと響く。狭い通路から開放的なホールに出た。

三層吹き抜けになっているステンドグラスの天井が、鮮やかな色彩を織り成している。見上げていたら、二階の手すりから誰かがこちらを覗いているのが見えた。

見下ろしていたのは、アジア系の男性だった。すらりとした長身で燕尾服を着たところは、ドラキュラ伯爵を思わせるが、すぐにどこかで見たことのある人物だ、と気づいた。

「ようこそ。君が黒猫だね？　私がヒヌマだ」

彼は階段を降りてきた。すぐ後ろにはスーツに蝶ネクタイ、ショートヘアを凛々しくまとめた長身の人物が付き添っている。女性なのは一目瞭然なのに、思わず動揺するくらい「男前」だ。生粋のイタリア人らしいつんと高い鼻が、その印象をさらに強めていた。

階段を降りたところで、ヒヌマ氏は黒猫に手を差し伸べた。

「ようこそおいでくださいました」

背後でスーツに蝶ネクタイをした女性が右手を胸に当て、左手を横に広げて頭を下げた。

ヒヌマ氏が含み笑いを浮かべつつ、彼女を示して言った。

「執事のペネロペだ」

黒猫はペネロペに頷いてみせ、マチルドの耳元で言った。

「よく似合っていますよ、と伝えてくれ」

マチルドがそれをそのままペネロペに伝えると、彼女は「仕事ですから」とにっこりと微笑み、「時々外見で損をしていると感じる時もありますが」と訛りのないイタリア語で付け足した。彼女は背が高くて凛々しい自身の外見があまり好きではないようだ。

「そんなことありませんよ」マチルドは言った。「あなたのようなお美しい執事が家にいたら、皆キリッと気持ちが引き締まります！」

ありがとうございます、と答えて、ペネロペは両手を前で重ねたまま嬉しそうに微笑んだ。それから、マチルドと黒猫もそれぞれ自己紹介をしたが、ヒヌマ氏はそれが済まないうちに、上機嫌で両手を広げながら話した。

「君たち、運がいいよ。昨日までヴェネツィアに行っていたんだ。しばらくこの家はあれこれ準備で騒がしくなるから、別邸に避難しようってことで、家内と二人でね。ところで〈遡行する塔〉に興味があるって？」

「興味はあります。建築史上でも稀にみる特異な作品ですから」

「しかし、それだけの理由で来たわけではなさそうだ」

突然鋭く切り込まれ、黒猫は相手の出方を窺うように押し黙った。「リツィアーノと一緒にいる時点で、君がただ建築史的な研究のためだけに訪れたわけではないことは明白だよ」

黒猫の隣で、リツィアーノ氏はお手上げのポーズをしてみせる。

「人間は何も言わなくても、存在自体がものを言う場合もあるんだな。申し訳ない、黒猫」

黒猫はリツィアーノ氏の言葉にふふっと笑うと、片眉を上げる。

「そうです。僕は〈遡行する塔〉が〈成長〉しているという噂を確かめに来たんです」

「なるほど。何事も現物を見てみなければわからない。正しい姿勢だと思うよ。私としても君にその審美眼を発揮して、塔の謎を解き明かしてもらいたいものだ。もっとも、君が解明するのが先か、塔の完成が先かはわからないがね」

ヒヌマ氏の顔には優越感が滲み出ていた。それは単に塔の所有者だからではない何かに起因しているようだ。

あるいは、黒猫が答えを見出せないと確信しているような——。

「マルタ、彼らを応接間へ案内して——と頼んでもいいかな？」

「もちろん。今の私はこの屋敷の人間ですから、何なりと」

彼女はヒヌマ夫人ではなく、従業員なのか。マチルドが誤解したのは、彼女が私服を着ていたからだった。もっとも、今の時代に家政婦や執事に昔のような制服など与えられないのかも知れない。

それよりも……〈今の私は〉とは、どういう意味だろう？

マチルドはこの時、マルタとヒヌマ氏の間に親密さを感じさせる視線の交流があったのを見逃さなかった。

「こちらへどうぞ」

マルタに案内されて西棟の南端にある応接間へと進んでいく。

「私も仕事を一つ済ましたらそちらへ合流しよう」

ヒヌマ氏はそう言い残して二階へ上がっていった。

「また誰かをクビにでもしに行ったのかな」

リツィアーノ氏はクニオ・ヒヌマの経営者としての冷酷な一面を茶化したようだ。

「悪い人間ではない。ただ、未知を覗く欲望に対して、ストイックなんだな」リツィアーノ氏はまるで自分自身に言い聞かせるかのように言う。

応接間に足を踏み入れる。

ドアを開けた瞬間、薔薇の芳香に包まれた。壁面から天井に至るまでビザンティン美術を思わせるモザイク画があしらわれ、中央にある巨大な長テーブルの周りには、簡素な中国の明式椅子が設《しつら》えられている。そして、床にはシュルレアリスムを思わせる地獄絵図のタペストリーの絨毯《じゅうたん》――。時代感覚の非統一性が強調されている。まるで美意識を、テレビのチャンネルをザッピングするように雑多に詰め込んだようだった。

「ようこそ。よくいらっしゃいましたわ」

雰囲気に圧倒されているマチルドの隣に、突如女性が現れ、話しかけた。訛りのない完璧なフランス語。身体のラインがくっきりとわかるタイトなシルクの黒いドレスに身を包み、瑞々しい黒髪をくるりとまとめ上げている。

「初めまして。私はヒヌマの妻、エレナです」

一度目が合ったら視線を逸らせなくなりそうな強い眼差しが、筋の通った鼻、小ぶりな唇と調和して、神話に登場する女神を連想させた。

「ひどい空間でしょう?」とエレナ夫人は今度は滑らかな英語に切り替える。

「たしかにひどいですね」と黒猫が答える。

「く、黒猫！」

マチルドは思わず声を荒らげたが、黒猫の口元には優雅な笑みが相変わらず浮かんでおり、まるで悪びれた様子がなかった。

「しかし、これこそがもてなしの空間の本来あるべき姿かも知れませんね。あらゆる様式が限なく網羅され、かき混ぜたようにグチャグチャにされている。意図的に意味を避けているようですね」

「意味というのは結局のところ押しつけだとよく主人は言っています」

「IT企業の社長さんは機能美を超えて混沌の領域に突入されたわけですな」リツィアーノ氏が口を挟んだ。「ヒヌマがガラバーニを崇拝してやまないのも、建築に意味を持たせないガラバーニの思想にその理由があるらしいよ」

「初期作品から〈遡行する塔〉までを強引に一言で括るのなら、ガラバーニ建築の要諦は意味の欠落と言えるのかも知れませんね」黒猫は続ける。「一見無意味な試みが最終的に〈遡行する塔〉に至ったことを考えれば、そういう見方もできます。研究者たちは〈遡行する塔〉以前の作風の特徴として〈可変性〉を挙げていますよね？」

「〈可変性〉……そう言うと、機能的に聞こえますね」とマチルドは感想を述べた。すると、リツィアーノ氏が後を引きとった。

「無意味な〈可変性〉とでも言うのかな。たとえば、壁の一部が取り外せて、窓の位置を時間によって変えられる家を造ったのも、ガラバーニだ。大いなる失敗作とも言われているが、ガラバーニ建築にはどこか憎めない稚気のようなものがある」

黒猫はその言葉に頷く。

「ル・コルビュジエのように住むための機械として無駄を削ぎ落としたタイプではない。むしろ、住むとは何か、建築とは何かを極限まで突き詰めた結果、意味を放棄した部分があるように思いますね。ある学者は、彼の建築様式を〈成長する建築〉と」

「しっかり調べているね」リツィアーノ氏は満足げに微笑む。

「物は言いようね」とエレナ夫人はかぶりを振り、「私にはただの道楽にしか見えませんわ」と言った。

改めて夫人を観察すると、彼女の容貌は東洋的でも西洋的でもあり、角度によってさまざまに見え、また外部からの光によっても違って見えた。

そう言えば、リモーニアの街並みを歩いている間にも、じつにさまざまな民族の人々の姿が確認できた。先ほどのマルタにせよ、ペネロペにせよ、簡単にはどの人種と断定しがたい風貌をしている。

リツィアーノ氏は手前の椅子に腰かけ、勝手知ったる我が家のように、黒猫とマチルドにも隣の空いている席に腰かけるよう促した。

ちょうどそこへマルタがもう一人、別の従業員らしき人物と一緒に現れた。制服と思われる灰色のノースリーブのワンピースに身を包んでいるが、服のサイズがあまりに大きいために胸の谷間がちらちらと見える。

「マリーア、その制服、何とかしなさいよぉ」

ぶかぶかの制服を見ているマチルドの視線に気づいたのか、マルタは小声で隣の女性にそう指摘した。マリーアと呼ばれた女性はエヘッと健やかに微笑む。マルタより幾分幼さの残る笑みだ。

「今くらいラクにさせていただくわ、お姉さま」

就業時間を終えている、という意味だろうか？　それにしても、ちぐはぐなサイズの制服を支給されているものだ。そのうえ、この季節にも拘わらず制服には袖がない。きっと普段は中にあれこれ着込んでいるのだろうが、屋内で長時間立ち働いていると暑くなるのかも知れない。

マリーアは、マチルドと黒猫にワインを注いでいった。リツィアーノ氏は車で来ているからと遠慮して代わりに珈琲を求めた。

「これからディナーの用意にかかります。しばらくお寛《くつろ》ぎになってお待ち下さい」

「おかまいなく。ワインを楽しもう」と黒猫。

東向きの窓からは、マチルドたちが通ってきた門からの通路が見え、その奥にある広大な庭園を一望することができた。

エレナ夫人がマチルドの視線に素早く気づいて言った。

「この場所から塔を見上げると、今にもこっちに降ってきそうで恐ろしくなるから、私はあまり見ませんけれど」

ほう、と言って黒猫は立ち上がる。

リッツィアーノ氏はもう何度も見ているのか席を立つことなく珈琲を飲み、奥の席に座っているエレナ夫人に話しかけた。

「私は三年近くこの塔を見ているが、本当によくここまで育ったものだね」

「〈育った〉なんて言い方はやめてくださいな、リッツィアーノさん」

「それが事実なんだから仕方ないさ。写真で記録もしている」

マチルドは尋ねた。

「なぜすぐに公表なさらないんですか？」

「現代のキュレイターたちの定めた建築基準に異議を唱える新事実だからさ。それにまずは〈成長〉が誰によって為されているのかを究明せねばね」

「すると、誰かが塔を建設し続けているとお考えなんですね？　でも、ヒヌマご夫妻がここに暮らされて二年。この敷地内で誰かが塔を建設していたら、まずご夫妻が気づくと思いませんか？」

「マチルドさんの仰《おつしや》るとおりですわ」とエレナ夫人が言った。「少なくとも、私たちより先に、塀の上にあるセキュリティ用の鉄条網が侵入者を許さないでしょう」

リツィアーノ氏は、おどけるようなリアクションをとるだけで、曖昧な沈黙を保った。明確な反論は持ち合わせていない、ということだろう。マチルドは続けざまに尋ねた。

「それに、塔の〈成長〉が三年前から観測されているとなると、ガラバーニのご子息の管理時代からになりますよね？　そのときは〈成長〉が問題にならなかったのでしょうか？」

今度は回答の用意があるらしく、リツィアーノ氏は何度も頷きながら答えた。

「アルベルトはここを別荘代わりに使っていた。日々変化を目で追っていたわけではないんだ。私が一度訪ねたときも、ほかに大勢いた従業員たちも皆、頭上の塔の〈成長〉に無関心だった」

リツィアーノ氏は、それから黒猫のほうを見て続けた。

「私の錆《さ》びついた脳味噌で考えていても埒《らち》が明かなくてね。それで、ここは私みたいな建築の世界にどっぷり浸かっている年寄りより、美学者のような、建築を外側から論じられる世界の人に助けてもらおうと考えてラテスト教授に手紙を送ったんだ。そして彼の寄越した助っ人が、黒猫、君だったわけだ」

「まるで犯人捜しに雇われた探偵さんみたいね」

エレナ夫人は面白がっているようだ。

黒猫はそんな会話は聞いていないかのように窓からしげしげと塔を観察していた。マチルドの位置からは塔の足元しか見えない。全体を見るには、黒猫のように窓際から上を仰ぎ見なければならないようだ。

「なるほど、恐竜の喉仏を見たような感動がありますね」

興味をそそられ、マチルドも窓辺に近づいた。

見上げてみて、驚いた。玄関に向かう時は頭上を意識しなかったが、こうして間近で見上げると、いびつにねじ曲がり、頭でっかちでアンバランスな建築は、身の危険を感じさせるにじゅうぶんだった。屋敷の三階を見下ろす塔先端の真っ暗な空洞が、いっそう不気味に見える。

それでも、先日祖父が話していたとおり、塔の屋根となる円蓋は完成間近なようで、外周から徐々に着工されて、空洞部分はだいぶ小さくなっていた。

「これが樹だったら切り倒してと主人に頼むところですけれどね」

エレナ夫人の言葉に、リッツィアーノ氏は慌てた。

「とんでもない。偉大なる建築物を破壊したら、人類にとっての損失ですよ」

「そんなにすごいんですの?」と言ったエレナ夫人の目は黒猫に向けられていた。

「僕の知るかぎり、もっとも自然に近く、それでいて感情に訴えかけることなく崇高の概念に辿り着いた稀有な建築じゃないでしょうか。そして、そこには〈ある存在〉が関与している」

〈ある存在〉とは恐らく塔を〈成長〉させている人間のことに違いない。マチルドは、この機を逃すまいとすかさず割って入る。

「客観的に考えるに、いかにその塔の〈成長〉が自然なもので、死者の理念に則っているにせよ、それを現在〈成長〉させているのは、生きている何者かだとみるのが妥当だと思うのです」

マチルドの意見に、リツィアーノ氏が大きく頷いた。彼も同意見であるようだ。

「先ほど奥様が仰ったとおり、私も外部からの侵入は難しいと思います。だとすれば、お屋敷のどなたかが〈成長〉させている、と推察するのが自然だと思うんですよ」

「まあ、面白いことを仰るのね」と夫人が笑った。「でも無理ですわ。私はともかくヒヌマはあの塔を偏愛していますもの。彼の目を盗んで塔を〈成長〉させるなんて、至難の技でしょうね」

「しかし、鉄条網を乗り越えるほど不可能ではないと思います」マチルドは食い下がった。

「たとえば、バレないで塔に上がれるような抜け穴や隠し梯子《はしご》のようなものが屋敷にあったらどうでしょう？」

「そんなものがあったら、たしかに可能かも知れませんわね」フフッと楽しそうにエレナ夫人。

「どなたか、屋敷を案内していただけませんか？　可能性は徹底的に検証しておきたいのです」

「屋敷の案内なら、私が」と夫人が言うので、マチルドは慌てた。

「いえ、それは申し訳ないですから……」

そこへちょうどワインのお代わりを運んでくる女性の姿が目に入った。

「マルタさん、屋敷を案内していただけますか？」

「私が……ですか？」

「ええ。お願いできますかしら？」とマチルドはにっこり微笑んで尋ねる。今日明日の間に、従業員全員の取調べをそれとなく行なうのだ。ガラバーニ家の時代とヒヌマ家の屋敷となった現在にまたがって出入りしている者が必ずいるはずだ。

「面白い方ですね、あなたは。結構よ。ディナーができるまではまだ少しかかりそうですし。マルタさん、せっかくですから、今晩のお部屋へご案内しがてら、屋敷全体もご説明して差し上げて」

エレナ夫人の言葉に戸惑いがちに頷きながら、マルタはこちらです、と言って先頭に立った。

マチルドは彼女の後を追い、黒猫を振り返った。

やれやれ、とお手上げのポーズをしつつ、黒猫もこちらへやってきた。

## 2

屋敷のなかは天井も床も平面的ではなく、ところどころに奇妙な歪みがあった。それも経年劣化によるものではなく、あらかじめそのように設計されたようだった。全体に自然の創りだす曲線を描いていて角ばったところがなく、ややもすると平衡感覚が失われそうになった。

マチルドは、塔へ向かう秘密の地下道や壁が倒れて梯子になるような仕掛けがないかと注意深く一つ一つを眺めた。

「私この廊下、なかなか慣れないんですよぉ」

一階のキッチンやダイニングルーム、図書室などを見せて回りながら、マルタは不服そうに口を尖らせた。

「慣れないんですか?」何年勤めているのかは知らないが、客相手にそんな話をされても困る。「それじゃあお仕事にお困りでしょう?」

「え? 仕事ですかぁ? 仕事の間くらいは問題ありませんよぉ」

どうもマルタは今も仕事中だという意識が薄いようだ。彼女はどこまでも薄っぺらで、深みに欠けている。マチルドはあまりいい印象を彼女に抱くことができなかった。何より自分の勤める屋敷への敬意が足りないところが。

「まあちょっと過ごすにはいいところかも知れませんけれどねぇ」

他人事のような発言に、マチルドはさらに嫌な気分になった。

「そう言えば、この屋敷もガラバーニ自身の設計だそうですね？」

マチルドが階段を上りながら尋ねると、マルタは「え……ええ」とどこか上の空な様子で答えた。

「あんなヘンテコな塔とは違って、ずいぶんクラシックですけどね」

やや間を置いてから、マルタはそう付け足した。

「ヘンテコな塔？」

マチルドは聞き返したが、マルタのほうは自分の発言をおかしいとも思っていないようで、それ以上の説明を求めることはできそうになかった。

建物の内部の造りを観察していた黒猫が、マチルドの質問に答える。

「この建物はまだ彼が二十代の頃に建てたものだよ。高級住宅にプレハブの要素を織り込んで可変性と恒久性をテーマに造ったらしい。だが、長い沈黙ののちに発揮される爆発的な天賦の才能は感じられないね。斬新さもあるが、バウハウスやファン・デル・ローエの敷いた流れを行くフォロワーに過ぎない」

助け舟に救われたようにマルタは安堵の表情を浮かべる。

「しかし、部分的に逸脱の萌芽は見られる。たとえば、さっきの応接間の窓ガラスも微妙に歪んでいた。あのガラスは遠近感を失わせる特殊なレンズのような素材が使われているのでは？」

マチルドは驚いて黒猫の顔を見た。

窓にレンズが使われているなんて思いもしなかった。

「すごぉい。何でもわかってしまうんですねぇ」

彼女は黒猫に、露骨にうっとりしたような視線を向ける。今にも黒猫の手を握りしめそうな様子に、マチルドの警戒センサーが働いたのは言うまでもない。

「私も最初は驚いたんですよぉ。すぐに慣れましたけれど」

もはやさっき垣間見せた自信なさげな様子は消え、屋敷の案内という任務も忘れているように見えた。彼女が決して職務に忠実な従業員でないことは、自由すぎる恰好からも明白だ。何よりその表情は、ある種の女性が意中の相手の前で媚びを売るときに特有のそれなのだから。

だが、ガラバーニの遺志を密かに継ぐ者なら、それくらいの仮面はつけるに違いない。

「じつは、レンズ窓のために午前中いっぱいは応接間の窓を白いカーテンで閉めきるように言われているんですよぉ」

「失明の恐れがあるから、だね？」と黒猫。

「んん、たぶん」人差し指を顎に当てて上目づかいで黒猫を見る仕草に、マチルドは苛立ちを覚えた。「ガラバーニの自殺は、彼の失明に原因があるんだそうです」

そっと秘密を打ち明けるような調子で黒猫にそう囁《ささや》く。通訳するのは私なんですけど、と言いたくなるのをこらえながらそれを通訳する。しまいにはマチルドに忌々しい視線まで向けてくるのだから、もはやここまでくると客と従業員ではなくて、女と女の闘いである。

「あそこからうっかり太陽の光でも見たのかも知れませんね」

マルタはそう言って微笑んだ。

彼女はその後も各フロアを案内して回った。マチルドは壁も天井も床も隈なくチェックしたが、どこにも秘密の扉のようなものは見当たらなかった。

興味深かったのは、西棟三階の中央にある一室の窓からの眺めだった。その部屋からは、塔の先端部分をもっともよく観察することができたのだ。塔は竜が獲物を見下ろすようにその窓に向かって首を垂らしていた。先端部には、ラッパのベル状の広がりより奥まったところに円蓋が造られている。その膨らみは表通りから塔の側面を見てもわからなかった。埋められつつある空洞部分の穴から部屋のベランダまでは約三メートルあり、見上げると部屋の灯りのおかげで仄暗い中に螺旋《らせん》階段が確認できた。

「ふうん、中は螺旋階段があるのか」黒猫が独り言のように言った。

「やっぱり内部に興味がありますか？」

マチルドも塔を〈成長〉させる方法を探るには、実際に塔の内部に侵入して調査する必要があると考えていた。

ところが、黒猫は「いや」とそれを否定した。

「興味はあるが、塔の内部に入るのは遠慮しておこう」

「あら、珍しいですね。もしかして、高所恐怖症ですか？」

「高いところを怖がっていたら、僕はパリにも来られなかっただろうね」面白くもなさそうにそう返す。「僕が恐れているのは塔が崩壊してしまわないかってことさ。すでに力学的には無理が生じていて、まだ壊れていないことが不思議なくらいなんだ。そんな塔の中に入るのは、はっきり言って自殺行為だ」

たしかに一理ある。マチルドとて異郷の地で命を落としたくはない。

「でも、塔を〈成長〉させている誰かさんはやっぱり中に入っているんですよね」

「だろうな。それか、空を飛んでいるか」

今のは冗談だろうか。受け流してマチルドは尋ねる。

「たとえば、この部屋から円蓋建造に着工することはできませんか、黒猫」

「梯子を伸ばして、かい？」

黒猫は塔の円蓋部分を見つめて言った。

「無理だろう。梯子をかなり斜めにかけなければならないし、そうなれば自分の重みで梯子が倒れる危険性がある」

「そっか……」

「この部屋は、その昔はガラバーニの次男が住んでおられたみたいですよぉ」とマルタは言った。

「今はどなたが使われているんですか？」マチルドは尋ねた。

「今は――誰も。ヒヌマ様はこの部屋から塔の先端を観察するのがお好きなようで、留守の間もこの部屋を掃除しておくようにと仰っていましたねぇ」

マルタの緊張感のない受け答えには何だか調子を崩されるなあ、とマチルドは内心で渋面をつくった。

次男の部屋を出ると、「じゃあ二階に戻りましょう。今夜泊まる部屋に案内しまーす」とマルタは言った。

これでひととおり屋敷の内部は見せてもらった。塔へ通じる秘密の通路も梯子も存在しないようだ。だが、それ自体にマチルドはそれほど期待をしていたわけではない。調査の核は建物の構造にあらず。荷物を置くと、マチルドは急ぎ黒猫の部屋へ向かった。マルタが黒猫の部屋に入り込んでいるのが壁越しにわかったからだ。黒猫の部屋は西棟二階の南端で、マチルドの部屋はその隣、位置的には先ほどガラバーニの次男が使っていたと紹介された部屋のちょうど真下に当たった。

ドアを開けると、マルタは、黒猫のスーツを脱がせてハンガーにかけようとしているところだった。

「オホン！」咳払いをして中に入る。

何とも馴れ馴れしいマルタの態度に怒りを覚えつつ、マチルドはあくまで平静を装って黒猫に言った。

「黒猫、ディナーの前に塔の近くまで見に行きませんか？」

「そうだな」

マチルドはそこでマルタに頼んだ。

「マルタさん、塔まで案内してもらえますか？」

「……そうですね。それは……確認してからでないと……」

言いよどみ、目が泳ぐ。

不審に思ったマチルドはマルタを問い詰めようとした。

ところが――。

黒猫は唐突に一人で部屋を出てしまった。

「く、黒猫、待ってくださいよぉ……」

せっかくの好機だったのに。まさか黒猫に足を引っ張られるとは思わなかったが、彼はマチルドの思惑を知らないのだから仕方がない。マルタに一言謝ってから黒猫の後を追いかける。玄関のところで、ようやく白シャツの後ろ姿に追いつくことができた。

「君は彼女が塔を〈成長〉させていると考えたのか？」

振り向きもせずに黒猫はそう尋ねた。

「あれ、わかりました？」

「君の態度でわからないとしたら、僕は黒牛とでも呼ばれているだろうね」

「その渾名、案外面白いかも知れません」

「面白くはないよ」

真顔で突っ込み返すので思わず笑ってしまう。

「万一彼女が塔を〈成長〉させているとしても、あんな風に攻めたら、つかめる尻尾もつかめないぞ」

「そうでしょうか。でも私たちの滞在期間は限られているわけですから、短期決戦を仕掛けないと……」

「期間を意識しすぎて手法を誤るほど愚かしいことはない」

今のは叱責だろうか。いや、違う。違うと考えたい。

マチルドは気持ちを塔へと切り替えることにした。いったんマルタのことは頭から追い払おう。

「でも、勝手に塔に向かうわけにもいきませんね。誰かに案内を頼んだほうが……」

「必要ないんじゃないか？」

「でも……」

黒猫はわかっていない。これは〈犯人捜し〉の好機なのに。

マチルドがわざと玄関でもたもたしていると、背後から足音が近づいてくる。

「もう屋敷の見学は済んだのですか？」

折よく現れたのは、マリーアだった。

屈託のない笑み。ゆったりとした灰色の制服は、かえって彼女の身体のラインを想像させる。

「ええ、たった今」

すると、マリーアはひそひそと言った。

「お姉さまは……あ、マルタはうまく案内できました？」

「え？　ええ……」

「あの人、駅でもデパートでもすぐ迷子になっちゃうんです、昔から」

マルタの言葉からは、マリーアとの親しい間柄が推察された。従業員同士の仲が良いのは、いいことなのかも知れない。

「じつは、塔まで案内していただきたいんだけれど」マチルドはそう切り出して反応を見た。

「それは――ごめんなさい。今は無理なんです」

彼女は本当にすまなそうに肩をすくめてみせた。

「何か困るような事情があるんですか？　さっきマルタさんもずいぶん躊躇《ちゅうちょ》されていたようですが……」

すると、マリーアは気まずい様子で周囲を気にしつつ、小声でそっと事情を明かした。

「町の人にそういうお願いをされても聞かないようにと言われているので、あなた方だけを特別扱いしていいものかわからないんです」

塔に対してはずいぶん厳戒体制が敷かれているようだ。

「では、庭園まで行くのは構いませんか？」

「もちろん、ご案内します」

マリーアに誘導されて、マチルドと黒猫は塔の前に向かった。真下から見ると、まるで菩提樹の下にでもいるような気分になる。

もしいま塔が倒れてきたら、きっとひとたまりもないに違いない。マチルドは思わず身震いしてしまった。

黒猫は早速塔にそっと手を触れる。材質を確認しているようだ。

「やはり白大理石か……そう言えば、倉庫があるんだっけ？」

「ええ。あれです」敷地北東のコーナー部分にある小さな倉庫が目に入る。「私も入ってみたかったんです。行ってみましょうか」

マリーアはワクワクした様子でそう言った。好奇心の旺盛な娘だ。

マリーアは塔を〈成長〉させている人物ではないだろう、とマチルドは思った。計画的に何かを進めるにはあまりに興味本位なところがありすぎる。

黒猫は素早い身のこなしで走っていくと、覗き窓から中を見た後に扉を開いた。マチルドも慌てて黒猫のもとへ駆けつける。仄暗い空間から埃がふわりと流れてくる。

「見てごらん。あそこ」

マチルドは、黒猫が手で示したほうに目を凝らす。目が慣れてくると、暗がりの中にぼんやりと白い方形の物体が見えてきた。黒猫が携帯電話をライトにして内部を照らす。

「石材が積んでありますね」

そこには少し狭いベッドとして使用できそうなくらいの白大理石が積まれていた。ここに素材を保管したままヒヌマ家に引き継がれたようだ。

「違う。そんなことじゃない。大理石の手前の床だ」

言われても、そこには何も見当たらない。

「床が……一体、どうしたんですか？」

「一部床の色がほかと違う。埃が積もっていないのは、つい最近、この倉庫から何者かが石材を持ち出した証拠だ」

マチルドは目を見張った。動悸が激しくなる。やっぱりそうだ。間違いない。「じゃあこれではっきりしましたね。〈成長〉させているのは、この屋敷の中にいる何者かである、と」

しかし、黒猫は「ふむ」と言っただけで、倉庫から出た。マチルドもすぐに後を追った。ちょうどその時、背後にいたマリーアのポケットで携帯電話が鳴った。

「ごめんなさい。私、仕事が入りましたので」

屋敷内にいながら、携帯電話で仕事の呼び出し？

訝りつつ走り去る彼女の後ろ姿を見守っていると、声をかけられた。

「いかがかな、調査のほうは」

声の主は、ヒヌマ氏だった。

と言っても、彼はマチルドたちのほうを見ているわけではなく、庭園に立って塔を見上げているところだった。

「何とも言えません。ただ、前進はしています」

黒猫は表情を変えずにそう答えた。それは何より、とヒヌマ氏は塔から視線を逸らさずに頷く。

「見たまえ。人類はバベルの塔からの長い歴史で、初めて神の極みに到達できたんだ。そうは思わないかね？」

「さあ。神と話したことがないので」

黒猫は素っ気なくそう答えたが、ヒヌマ氏は別段気を悪くした様子はなかった。

「ではこれから神の話でもしようか。夕食の支度が整ったようだよ」

見れば、北棟の東端にあるキッチンの窓から栗色の髪にギリシア系の顔立ちをした女性が、こちらの様子を窺っていた。彼女はマチルドの視線に気づくと、おどおどと頭を下げ、すぐに引っ込んでしまった。

「ううむ、人を怪しみだすとキリがないですねえ……」

ヒヌマ氏が屋敷に引き上げていくのを確認してから、マチルドが唸ると、黒猫はマチルドの頭をとんとんと叩いた。

「君にとって推理とは人を怪しむことなのか？　それではスキャンダルをつけ狙うマスコミと変わらないな」

「マ……マスコミと一緒にする気ですか？」

「まあ、何にせよ、倉庫を見られたのは君のおかげだ。礼を言うよ」

黒猫は微笑を浮かべた。

まさか、もう塔を〈成長〉させている人物の見当がついているのだろうか？

先を進む黒猫の背中は、何も語りはしなかった。

マチルドはむくれながら、移動する黒猫を追いかけた。

## 3

時計の針が、夜の七時を指した。

窓の外はすっかり陽が翳り、庭園の足元照明が柔らかな光線で木々を優しく照らし、いびつな塔を闇の中で青白く輝かせている。

応接間に戻り、十分ほどが経った。目の前のワインを飲み干したところで、ワゴンを押しながら微かに左足を引きずったコック姿の女性が現れた。

「やっとアガタの料理が食べられる。本当に楽しみにしていたんだ」とリツィアーノ氏が上機嫌に言った。

アガタと呼ばれたのは、先ほど窓から顔を出して庭園を覗いていた栗色の髪にギリシア系の顔をした女性だった。リツィアーノ氏がアガタに抱きつき、親愛の情を示すように頬にキスをすると、彼女は困ったような笑みを浮かべ、黙礼して料理を並べはじめた。

リツィアーノ氏は何やらこのアガタなる女性に並々ならぬ愛情を抱いているようだ。

「茄子とズッキーニのカポナータです」とアガタが説明を加える。

野菜を揚げてから甘酢煮にした料理のようだ。ハーブの豊かな香りに鼻孔をくすぐられ、マチルドは初めて自分が異国の地に来ているのだと実感した。なるほど、料理は時に、何よりも饒舌にその土地を語るものらしい。

「それで、屋敷を歩き回った成果はおありになった？」

カポナータを一口食べてから、エレナ夫人がマチルドに尋ねた。

「それが、まだ……」

マチルドが言いよどんでいると、黒猫が隣の席から助け舟を出した。

「ええ。成果はありました。少なくとも、ある存在が敷地内に入り込んで塔を〈成長〉させていることは明らかです」

「それで？　あなたは何が塔を〈成長〉させているとお考えなの？　太陽？　水？　それとも風かしら？」

からかうような調子でエレナ夫人が黒猫に尋ねる。

「塔を〈成長〉させられるのは人間でしょうが、天才であるという意味では人間以上の——人知を超えた存在と言えるかも知れませんね。そして人知を超えた人間は自然の領域に属しています。天才という語は本来、土地の守護霊を意味していましたから。実際、建築学と自然の境界線はひどく曖昧です。アントニオ・ガウディは自然がいちばんの教科書だと言っています。たとえば人間というのは下半身と上半身ではどちらが重たいでしょうか？」

「もちろん上半身よ」

「つまり、重量の観点からすれば、アンバランスなわけです。それでも人間は揺らめくこともなく立つことができます。構造が安定しているからですよね」

たしかに、頭でっかちな建物を不安がるなら、人間が立っていること自体にも不安が生じるはず。

「ガウディはカテナリー曲線がまだ力学上発見されていない段階で、構造的にそれが問題ないからと採用していました。自然に学び、ミニチュアを制作する手作業によって構造の強度を知っていたのです」

黒猫は指で塔を示した。

「恐らく、あの塔にも、同じような現代における〈不可能〉があるのです。塔を〈成長〉させるために、人知れず先端まで上るのはかなり困難です。やるとすれば、深夜。それも人目を気にせずゆっくり時間をかけなければ難しいでしょう。はたしてそれができる人間は誰なのか？」

「要するに――」ヒヌマ氏がヒステリックな表情で割り込んだ。「君は我々の中の誰かが、塔を〈成長〉させている、と考えているのだね？」

「そう断言するわけではありません。現段階では平等にあらゆる可能性を探っています。〈成長〉のさせ方によっては塔に上らずに済みますしね」

「塔に上らずにですって？」エレナ夫人が驚いたように声を上げた。

「ええ。たとえば、この屋敷が縮む、とか」

「縮むだと？　この屋敷が？」ヒヌマ氏が声を荒らげた。

「目の錯覚というやつです。隣にある建物が小さくなると、塔自体は変わっていないのに大きく見えたりするものです。それから、この窓枠。窓枠が小さくなるほど、塔は枠からはみ出した巨大なものに見えるはずです」

「本当に子供みたいに自由な発想をされる方ね、黒猫さんって。あなたのような方と一緒にいると、新しい発見ばかりで毎日が楽しそうだわ……でも知りたいことばかりで太っちゃいそうね」

エレナ夫人はそう言って無邪気に微笑んだ。だが、黒猫から視線を外したとき、彼女の瞳に何とも言えない寂しさの影が忍び寄っているのが見えた。彼女は今の暮らしに満足していないのではないのだろうか。

「馬鹿馬鹿しい！　あの塔は偉大な〈成長〉を遂げているんだ！」

あまりの大声に、その場にいる誰もが反射的にヒヌマ氏を見た。

彼は自分が感情を露わにしたことを後悔したのか、一瞬目を泳がせた。

「すまない」気分を変えようとするかのようにボトルから直接ワインをごくごくと飲み、それを乱暴にテーブルに置く。「私はこの塔を一目見たとき、強く惹きつけられた。この塔が名のある建築家のものだからじゃない。塔が私を呼んでいたんだ」

「塔に呼ばれた？」黒猫が問い返した。

「あの塔にはそんな不思議なエネルギーがあった。芸術を見る者の最大の不満は何だと思うかね？」

「不満、ですか。あまり芸術鑑賞で不満を抱いたことがないもので。わかりませんね」

「幸せ者だな。私はね、何を見てもいつもどこかしらに不満を感じ続けてきた。それはテクノロジーへの不満とも本質的には同じなのかも知れない。芸術はそれ自体で一つの宇宙を成し、我々に鑑賞を要請する。だが、私が観たいのはつねにその一歩先だったんだ」

飽くなき追求を続ける経営者ならではの観点だ。テクノロジーと芸術を並べて考える発想自体、普通はあまりしない。ヒヌマ氏にとって芸術はテクノロジーと同様に進化していくべきものなのだろう。だからこそ、彼は一歩先を見たいと望んでしまうのに違いない。

「その考え方は面白いですね」

黒猫は本当に面白いと思っているのか、判断しかねる無表情で言った。

「しかし、この〈成長〉する塔を見ていると、自分が未来を体験しているような気持ちになる」

そう言ったヒヌマ氏の目は――ここにない何かを見つめていた。

マチルドは、彼の内奥に潜む狂気を感じ取った。

「君たちはもうすぐ知ることになるだろう。なぜ塔が〈成長〉していたのか。それが誰の手によるものなのかを」

まるで、彼自身はすでにすべてを理解しているかのような口ぶりだ。マチルドは今の発言の真意を問い質《ただ》そうと身を乗り出した。

しかし、それはマルタの間延びした声に邪魔された。

「お待たせいたしましたぁ。本日のメインディッシュ、豚肉のオレンジ風味煮でございまーす」

また――マルタはヒヌマ氏に目配せをしたように見えた。

ワゴンを持って入ってきたアガタが皿を配り終え、黙礼をして下がると、室内には冷たい空気が流れた。

本来であれば、ゲストと主人の間に生まれたいびつな空気を払拭するのは、エレナ夫人の役目だろう。しかし、彼女はまるで何も起こっていないかのように黙々と食事を続けていた。

胸騒ぎがした。

屋敷内の人々の目に見えない軋轢《あつれき》が、マチルドを不安定な気持ちにさせた。それは、アンバランスな塔を見てしまったことと無関係ではないように思われた。

## 4

「アガタのディナーもいただいたことだし」リッツィアーノ氏は先ほどまでフォークを持っていた右手を慈しむように口に添え、空中にそっと接吻を放つと、腰を上げた。それから黒猫を見やる。「私はそろそろお暇するよ。黒猫君、また明日の午後にでも顔を出す。君の観察眼に期待しているよ」

マチルドがその言葉を通訳すると、黒猫は立ち上がってリッツィアーノ氏に近付いた。すると、リッツィアーノ氏は黒猫に顔を寄せ、「彼から目を離すな」とぎこちない英語で囁き、顎でヒヌマ氏のほうをそれとなく示した。黒猫は小さく二度頷くと、明日までに何らかの成果をご報告しましょう、と英語で答えた。

「明日までに？　そりゃあまたすごい自信だ。頼もしい」

信じられないといった表情で、それでも嬉しそうにリッツィアーノ氏は黒猫に握手を求めた。

リッツィアーノ氏が部屋を去ったのを確認してから、エレナ夫人は口を開いた。

「お疲れになられたでしょう。お部屋へご案内しますわ」

夫人はマチルドと黒猫を手招きした。

と、それまでワインをボトルのまま飲んでいたヒヌマ氏が突然立ち上がり、窓辺に向かい、塔を見上げた。

何かに取り憑かれたような彼の雰囲気に、マチルドはさっきリッツィアーノ氏が黒猫に囁いた言葉を思い返した。

――彼から目を離すな。

「行きましょう」

エレナ夫人はその姿を見せまいとするように、マチルドと黒猫を促した。

廊下に出ると、エレナ夫人は言った。

「あの人は最近少しおかしいんです」

「おかしい?」マチルドは聞き返した。

「日に日におかしくなっている、というべきか」

「それも、塔の〈成長〉と関係がありそうですね」

黒猫が鋭く切り込む。

「原因は何でも構いません。私は昔のあの人に戻ってほしいだけなんです」

「ご主人とは結婚されて何年になられますか」

「二年目です。ここへ夫が越してすぐに結婚しました。あの頃から〈遡行する塔〉の話はよく聞かされましたが、ただの趣味だろうと思っていました」

「ご主人に変化が現れたのはいつ頃からですか？」

「リッィアーノさんが撮影をしたいと仰ったときに、〈成長〉の話をされたんです。それ以来ですわ」

「塔の〈成長〉がご主人の人格を変えてしまった、と？」

「ええ。最初は研究者が訪ねてきたことでコレクターの自尊心がくすぐられたのかと思っていたんですの。けれど、そのうち仕事をしている時間よりも塔を見つめている時間のほうが長くなってしまって……」

「どなたかにご相談は？」黒猫が尋ねる。

「こんなこと、誰も本気で取り合ってくれませんわ。それに夫は有名人です。誰かに夫のことを相談して、そこからマスコミに変な風に噂を流されでもしたら困りますし……」

有名人も大変なものなのだな、とマチルドは妙なところに感心した。エレナ夫人は黒猫の右手をそっと両手で包み込むように握った。

「黒猫さん、お願い。塔が〈成長〉しているのなら、塔の未来を解明してください。そうすれば夫も落ち着きを取り戻すかも知れませんし、私の心にも平安が戻りますわ」

「僕はただ学問的興味から塔の調査に来ただけですよ」

「あなたの動機は関係ありませんわ。私がお願いしているの」

黒猫はゆっくり息を吐きだした。

「約束は苦手なのであまりしないことにしているんですよ」

「でもしてほしいんです」

「困りましたね。未来を解明するのは時代を変える行為です。僕には荷が重い。ただ、塔の〈成長〉の謎なら解明しますよ。シチリアにいる間に必ず」

エレナ夫人と黒猫の視線が交わる。

今日出会ったばかりの関係でしかないのに、両者の美しさがマチルドには神々しくさえ映った。

「あなたは嘘をつくのがお嫌いなのね」

「誰だってそうですよ。違いますか？」

「そうかも知れませんね。あなたなら信頼できそうですわ」

黒猫は肩をすくめる。

マチルドたちに与えられた二階の部屋の前まで来ると、エレナ夫人は最後に黒猫を見据えてこう付け足した。

「あなたが来てくださってよかったわ」

# 5

「君の部屋は隣だよ」

「い……いいじゃないですか、ちょっとくらい話しに来たって」

マチルドがドアを開けると、黒猫はちょうどベッドに寝そべって本を読んでいるところだった。

「それに、私は一応、仕事で一緒に来たんですから」

「君の仕事は的確に通訳することであって、くだらない推論を披露することじゃないよ」

鋭い。どうしてわかってしまったのか。

「それで？　どんな推論なんだ？」

一応聞いてくれるつもりらしい。

「たとえばなんですが……コンピュータの世界に自動生成ツールというものが存在しますよね。わずかな情報からアプリを作成したり、地図を作ったり、果ては文章の自動作成ツールなんてものもあります。最近は3Dプリンタまで開発されているわけですから……」

「なるほど」黒猫はニッと笑った。「人工知能のレヴェルは日々向上している。可能性は決して容易に否定されるものではないだろうね」

馬鹿にされると思っていたら、思いのほか感心されて拍子抜けしてしまう。

「マチルド、君の考えは、今のところ考え得る完璧な解答だよ。自動生成プログラム。まさにそれだ」

思わぬ食いつきぶりにぽかんとしていると、黒猫は続けた。

「仮に――ガラバーニ建築を構成するコードのすべてをプログラミングすることが可能であったなら、たとえこの世にガラバーニが存在しなくても、ガラバーニ建築を生みだすことは可能だろう。思考が完全にコード化されれば、死者がその先に何を考えていたのかを予測することはそれほど難しくないはずだ。たとえば、レモン社のようなＩＴ企業が総力を挙げれば、もはや不可能ではないのかも知れない」

マチルドとしては、これはほんの余興のアイデアのつもりだったのでここまで黒猫に食いつかれたことに戸惑った。

「いや、あの……今のは単なる話題の枕で……」

「もちろん、僕は実際にあの塔に内蔵されたコンピュータが自動生成していると思っているわけではないよ。ただ、ガラバーニがいなくてもガラバーニ建築の続行は可能だと言いたかっただけだ。そういうことだろ？　マチルド」

「え……ええ、まあ」

そこまで考えていたわけではなかったが、黒猫の言っていることは、それこそマチルドの思考の明後日あたりを自動生成した気がした。

「塔を〈成長〉させるのも、必ずしも石材をモルタルで固めるような手作業とは限らないな、と思いまして」

「もちろんだ。だが、倉庫の石材が最近使用された形跡がある。それはどう説明をつける？」

「……何か別の用途に使ったんですよ、きっと」

「別の用途ねえ」

黒猫は目を細める。マチルドだってこの推測が怪しいものであることはわかっている。

「そんな強引な理屈を持ち出してまで、君がほかにどんな可能性を見出したのか、興味があるね」

「それなんです。じつはさっきレンズ窓の話を聞いたこともあって思いついたんですが……」

「『定期的にレンズ窓を交換しているんじゃないですか』と言いたいんだろ？」

なぜわかってしまったのだろう？

「そ、そうなんですよ。少しずつ度を上げていけば、塔が大きく〈成長〉しているように見せられるんじゃないかと思うんです」

「写真の一件はどうなる？」

「写真は——あの窓越しに撮ったとか」

「アングルが違う」

黒猫はベッドから写真の入った封筒をポイッと投げて寄越した。

どうにかキャッチして中身を取り出す。

計五枚の写真は、黒猫の言うとおり庭園に出て撮られたもののようだ。

しかし——。

「だったら、カメラのレンズによる調整の可能性もありませんか？　つまりリツィアーノ氏が……」

「なるほど、推論の一つとしては面白い。〈成長〉する塔などなく、いわば偉大なる研究成果を欲するあまりのリツィアーノ氏による偽装工作と考えるわけだね？」

うんうん、とマチルドは頷く。

「あの方はいい人そうですが、人間、誰だって偉大な栄光を手にするためだったら嘘をつきたくなるものです。きっと彼も——」

そこまで言いかけたところで黒猫は手で制した。

「塔が全体に大きくなっているなら、僕もその説に乗ってもいい。だが、よく見てごらん。塔の円蓋が外側から内側に向けて造られているため、空洞部分が徐々に小さくなっている。ところが、写真を見ても建物自体の幅は変わっていない。すなわち、カメラのレンズの倍率を変えたわけでもない。もちろん、応接間の窓のレンズを換えるなんてこともしていないだろう」

　マチルドは写真を見比べてみる。

たしかに、変化しているのは、円蓋部分の空洞の大きさだけだ。これではリッィアーノ氏の画像加工による偽装は考えにくい。

「むう……やっぱり謎はふりだしに戻っちゃいますねえ」

　マチルドはがっくりと肩を落とした。

「まあそう落ち込むことはない。君に足りないのは推理の才能ではない。心構えさ」

「心構え？」

　推理にそんなものが必要だなんて考えたこともなかった。

「選択する推理法が何であれ、自分ひとりは真相にたどり着けるという心構えが必要だ。いわゆる先験的《ア・プリオリ》な認識だね」

「先験的な認識……」

「僕が行なうのは、美的推理だ。導き出された真相が美的なものでなければ僕は興味など持たない。美的でない真相もまた真相の名に値しないからだ。そして、この美的推理は原則ア・プリオリな認識に基づいているんだよ。ただし、構成要素が複雑な芸術になるほど美的推理の工程は困難になる。なかでも難しいのが――建築と映画だ」

「建築と映画って、まるで別物じゃないですか」

「そうでもない。建築はまず、宗教的建築か世俗的建築かなど、目的の違いがあり、当然それらに伴った街並みや気温、湿度などの環境要因と不可分だ。さらに素材選びから色彩の配分、部屋の組み合わせ、高低、間の取り方、動線への配慮、耐震性、耐久性、セキュリティ……何より、そこを使用する人間や都市を満足させる大目的と切り離せない」

「そう聞くとすごくファクターが多いですけど……」

「映画もそうだ。風景、音楽、色彩、アングル、言語、カット、時間、演技、演出、舞踊、小道具、照明……もちろんオープニングとエンドロールにおけるクレジットの扱いに至るまで。そして、それらをどこの映画館で観るのか、自宅のテレビで観るのかという鑑賞者の環境要因まで多種多様だ」

「なるほど。映画と建築が、ある意味で同じカテゴリにあるってことは何となくわかりました」

「今回の塔についても、複雑ではあっても、塔の構成要素を慎重に精査していけば、何を表徴しているのかを導き出すことができるだろう」

「そう言えば、ヒヌマ氏は塔のことで何かを知っているようでしたよね？　リツィアーノ氏も彼がガラバーニの遺志を継いでいるのではと疑っているようでしたし……」

あるいはね、と黒猫はあくびをしながら答えた。まるで気まぐれにこの件から興味を失ったようだった。だが、マチルドのほうはむしろ一層興味をそそられて止まれなくなり、屋敷に到着してから抱いていた疑問を一気にまくし立てた。

「それに、やっぱりマルタの言動は不審な点が多かったですよ。ヒヌマ氏との主従関係とは思われぬ親しげな雰囲気も気になりましたし、一人だけ私服なのも解《げ》せません。従業員としてあまりに自由に振る舞いすぎている気がします」

夫婦間の亀裂自体、マルタがもたらしたものとも考えられる。

「ふむ。まあ、従業員として不適切な部分は見られたかも知れないが……」

「屋敷の案内をしてくれた時も不審な言動が見られました」

「人に屋敷を案内するなんてあまり経験がなかったんじゃないか？」

「そうでしょうか。でもその屋敷に根本的に敬意がないのはどうなんでしょうねえ」

マチルドはマルタの言葉を思い出していた。

――まあちょっと過ごすにはいいところかも知れませんけれどねぇ。

従業員としては不適切極まりない言葉ではないか。

もしも彼女の軽薄な態度が演技だとしたら――？

黒猫は「敬意をもってなくても働くことはできるさ」とさらりとまとめようとする。だが、マチルドの気分は収まらない。

「あと、マリーアにも個人的には引っかかりを覚えました。敷地内にいながら携帯電話で仕事の呼び出しってどういうことなんでしょうね？　ちょっと嘘っぽいと思いませんか？」

「さあ、どうかな」

相変わらず反応が素っ気ない。

「もっとも、彼女はあまり緻密な計算には向かなそうですが。あ、それと、アガタですけど……」

言いかけたマチルドに黒猫は片手を上げる。待て、と言っているようだ。

「君は本末転倒だよ。枝から木の根が生えるわけじゃないんだ。誰が担い手かを探ることは大事だが、そのためにヒヌマ邸の人の言動を疑うのは違う。まず先に、頭の中の〈図式〉に答えを聞いてみるんだな」

頭の中の〈図式〉？　そんなことを言われてもわかるわけがない。

もうちょっとヒントをくれたっていいのに……。

「わかりました！　たとえばそれは黒猫と私の関係が〈成長〉していることと密接にリンクしているかも知れないわけですね？」

「君の脳味噌は限りなく〈成長〉しないらしいな」

「むっ……」自棄になって自分が痛い思いをしそうな冗談を言ったら、予想どおり痛い目に遭った。

何か言い返そうと思った。ところが——。

すうう、すうう。

黒猫は、いつの間にか静かに寝息を立てはじめていた。

狸寝入りだろうか。黒猫はこういう場合、否定するのも面倒なのでと言わんばかりに寝たふりをするのだ。

「お休みなさい、黒猫」

マチルドは静かに言って黒猫の身体にシーツをかけ、部屋から出て、自室に戻る。

たった一人でシチリアの夜と向かい合う時がきた。

長い長い夜になる。そんな気がした。

## 6

興奮が収まらず、なかなか眠れそうになかった。

室内は、装飾が少なくすっきりしているが、ところどころに歪みを感じさせる独特の趣きがあった。

この屋敷自体もガラバーニの手によるもの。そして、かつては彼自身がここに住んでいた。

自分の死後も未完の建築物が〈成長〉し続けていると知ったら、彼はどう思うのだろう？　それ自体、彼の計算どおりなのだろうか。

ふと――ガラバーニが入れあげていたという当時二十一歳の女性従業員のことが頭をかすめた。

週刊誌がこぞってガラバーニの死をそのスキャンダルと関連付けて報じた結果、彼女は居場所を失い、町を出たらしい。

評伝の著者はこう書き記していた。


ガラバーニは自身の敷地で制作に着手した塔について、失明する前日にある雑誌のインタビューにこう答えている。

「私は一人の女性を育てるようにこの塔を育てている。〈彼女〉は絶世の美女となり、私の意志は私の想像をはるかに超えることにもなるだろう」

このインタビューとスキャンダルをリンクさせて考えるのは、一概に邪推とも言えないのではないだろうか。


もちろん、作者は憶測で物を言っているに過ぎない。マチルドもそう思うからこそ、この醜聞やインタビューの言葉をあえて黒猫には言わなかった。

だが、現に今なお塔が〈成長〉しているのが確かだとすると、当時二十一歳の女性の存在と塔の〈成長〉に何らかの意味があるような気がしてならなかった。

カーテンを開けた。

マチルドの部屋からも塔の上層部を眺めることができる。この位置から見ていると、見上げているだけの時よりも生き物のような躍動感を肌で感じることができる。

しかし――そもそもこの塔の目的は何なのだろう？

現在、塔は屋敷の三階より高い地点から屋敷に向けて頭を垂れている。この傾き方では、恐ろしくて中に入る気になれない。だが、何者かがこの中に入って円蓋を完成させようとしているのだ。

マチルドはカーテンを閉じようとして、すぐに手を止めた。

視界の隅に、何か動くものを捉えたのだ。

南側の塀の外から、塔をじっと見上げている人影があった。その人物は両手の親指と人差し指で四角を作っていた。

こちらを見ている。

誰だろう？

思い切ってマチルドは窓を開けてみた。

すると、音に驚いたように、人影はさっと手を引っ込め、こそこそと塀から後ずさり、闇の中へと消えてしまった。

マチルドは、この時、外部の何者かが塔を〈成長〉させている可能性もまだ捨てるわけにはいかない、と考え直した。

ただ——この屋敷の外周には鉄条網がある。外部からの侵入は難しいし、そもそもどうやって塔を〈成長〉させているのだろう？

窓を閉め、カーテンを閉めてからも、そんな疑問が頭をもたげた。だが、あれこれ考えるには、長旅のせいか全身が疲れ切っていた。

まずい。旅行中に楽しもうとせっかく本を五冊も抱えて来たのに一冊も読むことなく眠るなんて許されるものか、と鞄から一冊本を取り出し、読みだした。だが、どうにも頭が働かず、何度も同じ行にばかり目がいってしまう。

黒猫は今頃夢でも見ているのだろうか。それとも、狸寝入りで、すでに仕事でもはじめているのか。

マチルドは黒猫に対してこの一年ずっと何とも言えない感情を抱いてきた。尊敬しながらも、兄のように慕い、ドキドキし、恋人になってみたいとさえひっそり思っていた。けれどそれは叶わない願いとわかっているからこそ抱ける、安全な「ないものねだり」なのかも知れない。

あの日――二人でイギリスの田舎町まで日帰りで行った日以来、マチルドのほうでは勝手に黒猫を意識していた。と同時に、あのときに黒猫には内面に誰にも触れさせない領域があることも見てとった。恐らく黒猫の心の中には誰かがいるのだ。

時折、黒猫は遠い目をする。

あの瞳の彼方に、どんな人物を見ているのだろう？

それを思うと、嫉妬とも何とも言えない切ない感情が溢れてきた。

もし自分が黒猫に愛を打ち明けたら、黒猫はどんな顔をするだろう。そして何と答えるのだろう。

果てしない妄想の旅は、やがて、そのまま夢の経路に通じていった。

夢でも黒猫の隣に座っていた。

二人がいるのは〈遡行する塔〉の中のようだった。黒猫はとなりで黙々と本を読んでいる。マチルドは問いかける。

――あなたの大事な人は誰ですか？

黒猫は何を妙なことを言いだすんだとばかりに驚いた顔をする。

――彼女さ。

――彼女？

——君と僕はいま、その彼女の中にいるじゃないか。

黒猫はそう言って人差し指で足元を指さした。

——彼女こそ、僕の想い人だよ。彼女がいれば僕は満足だ。さあ、マチルド、出て行ってくれるか。

——え？

黒猫の手が近づいてくる。

マチルドは窓の傍に近づく。塔の窓が開いている。

マチルドは、黒猫に突き飛ばされて体勢を崩す。

「やめて、黒猫ぉ！」

自分の声で、マチルドは目を覚ました。

と、同時に、石の擦れ合うような音が耳に響いた。夢の中の音かと思われたが、そうではない。

とっさにマチルドはカーテンの隙間から窓の外を見た。目を凝らしていると、少しずつ視界が暗さに慣れてきた。

そこで発見した。

塔の先端、円蓋のまだ塞がっていない空洞部分が、さっきより一回り小さくなっているのを。

続いて、草の上を歩く足音を捉えた。

足音の正体を見ようと目を走らせたが、その主はどこへともなく姿を消してしまっていた。

時間は真夜中の二時。

黒猫を起こすわけにもいかない。

結局、マチルドは眠れるはずもないと知りながら、もう一度ベッドに横たわった。さっきの夢は〈成長する塔〉の話を聞いたことに影響を受けていたから、内容自体を気にすることはない。が、目覚めてから目の当たりにした現実は気にせずにはいられないものだった。

答えの出ない問いに悩まされるうち、時間は過ぎて行く。

三十分、一時間、二時間……。

その間にマチルドの思考は謎の周辺を行き来し、それから祖父の寿命のことを思い、また再び黒猫と自分との距離について考えた。それらはバラバラの問題でありながら、どこかでつながっているように感じられた。まるで前衛的な映画みたいに。

やがて——うっすらとカーテンの外が明るくなり、部屋の中に塔の長い影が映り込んだ。

マチルドは寝不足の目をこすりながら、服を着替えた。

# 第三章

## 1

「ウサギみたいな目をしているな」

「黒猫は眠れたんですね」

マチルドはあくびを手で隠した。隣で黒猫はリコッタチーズを完食し、ジェラートパフェに移ったところだ。よく朝から甘いものを立て続けに食べられるものだ。

「ぐっすりとね。睡眠は研究者の命だ」

「そ……そうなんですか」

黒猫は落下する花の動きでもなぞるように、手をくるくると動かして見せる。

「眠りへの落下自体に意味はないが、落下の最中にしか見えない景色がある。睡眠の場合、バンジージャンプみたいにゴムのロープを脚につけるわけにもいかないから、そのまま落ちて行くしかないのが厄介だが」

　二人が今いるのは、敷地北側、キッチンに隣接するヒヌマ邸の広大な砂漠のごときダイニングルームだった。凹凸によって、テーブル、椅子、床が区分され、それぞれが緩やかな波線を描いている。場合によってはそれらをテーブルや椅子とは考えずに階段のようにして歩くことも可能だろう。何かをしてはいけない、なんてお仕着せはそこには一切ない。

「変わった空間ですね」

「それなりによくできている」黒猫の審美眼はなかなか厳しい。「じつは研究者の間では近年ガラバーニ論争が持ち上がっているのを知ってる？」

「何ですか、それ」

「ガラバーニが現在も美術史の文脈で語られるに値するのかどうかという論争だ。〈遡行する塔〉を五年間の沈黙を打ち破る成果だと取る人と、不可能建築である点を除けば特筆に値するものは何もない、とする人とに二分している。現在ガラバーニが世間一般で評価されているのは、未完の〈遡行する塔〉の存在と、それから三十八歳という若さで亡くなったこと、あと——君も写真を見たならわかるだろうが……」

「類稀なる美男子だったこと」

「そういうことだ。いささか伝説化されすぎてやしませんかと嫌味に捉える学者も多い」

「若いと何でもやっかまれるものですよ。黒猫も大変な目に遭ってますもんね」

「大変な目？　そうかな。五十代で准教授の人のほうがよほど大変な目に遭っていると思うよ」

黒猫はシニカルにそう言ってのける。

自分の置かれた状況の厳しさを笑ってはね除けられるくらいでないと、二十四歳で教授になんてなれないのかも知れない。

「ところで、変だな。僕の読みが確かなら、君は枕が違ってもいくらでも眠れるタイプのはずなんだが」

「何ですか、その失礼な読みは！」

しかし事実である。普段なら、海の上だろうが、駅のホームだろうがぐっすり眠ってしまえる自信がある。

「何か気がかりなことがあったようだ」

黒猫の目から逃れることはできない。観念してマチルドは昨夜の出来事を語りはじめた。

一連の話を聞き終えた後、黒猫はふむと唸り、それから左手の親指で下唇をとんとんと叩きはじめた。

「塀の外で、人差し指と親指で四角を作っている人影か。興味深い。だが、それだけの情報では何とも言えないな。ただの不審者かも知れないしね。それにしても、今朝はずいぶんと屋敷が静かだな」

「あ、それなら、さっき――」

マチルドは一階のトイレに立ち寄った際に目撃した光景について語った。トイレから出ると、ヒヌマ氏がマルタに小声でこう言った。

――スタッフみんなを集めてくれるかな？

――今すぐですかぁ？

――ああ。もともと今日までの予定だっただろう？

――わかりました……。長らくご夫婦の生活を阻害してしまってゴメンなさい。

――気にしなくていい。成功を祈っているよ。

会話はそれで終わり、二人は別々の方向へ去ってしまった。

「マルタはヒヌマ氏と親密な関係にあるような気がします。雇用者と従業員の間柄というだけではなくて」

「面白い考察だね」

黒猫は片眉を上げた。

「昨日、意味深に目配せもしていましたし。それに〈長らくご夫婦の生活を阻害してしまって〉という言い方は、妻のいる身である男性を好きになってしまった自分の過ちを詫びているようにも取れます」

「君はそういうところばかりよく見ているんだな。もう少し肝心の塔をだね……」

「み、見てますよ！　それにちゃんと〈成長〉しているって情報も教えたじゃないですか」

「まあいいや」

「ちっともよくないですよ、ちっとも！」

黒猫は食後のジェラートパフェを口に運ぶと、満足げに微笑んだ。こうしていると、黒猫は本当に幸福そうな顔になる。

「従業員が消えると、この空間はやはり広すぎるね」

静かだった。

昨日からしじゅうどこかで足音が聞こえ、人の姿が見えていたのに対し、今は音のない街にでもやってきたみたいだ。

そんなことを思いながら、もう入らないリコッタチーズを恨めしげに眺めていると、ようやく従業員が姿を現した。

「料理はお楽しみいただけましたか？」

足を引きずりながらアガタが尋ねた。

「はい」と答えたが、マチルドは半分以上を残していた。「お、美味しかったんですけど、ちょっとあの……」

するとアガタが両手で口を押さえた。

「ごめんなさい！　シチリアの朝食って甘いんです。外国の方用にするべきだったわ…

「いえ、どちらか片方だけならとても美味しくいただけたと思います」これはフォローになっていないか。

「今すぐエスプレッソを持ってきますね」

目鼻立ちのはっきりしたギリシア系の顔立ちだが、昨日より間近で見ると、黒目がちの瞳はどこか東洋風でもある。

「僕はとても美味しくいただいたよ」と黒猫はイタリア語で言って、にっこり微笑んだ。

「ジェラートパフェというのは、とても音楽的でいい」

「音楽的、まさにそれです。わかっていただけて光栄です」

アガタの頬が微かに赤くなる。

黒猫は、慈しむようにパフェの最後の一掬《すく》いを口に収めた。

マチルドはアガタに尋ねた。

「ところで、今は何か朝礼でもやっているんですか？　従業員の皆さんに招集がかかっていたようですけれど」

「いいえ、この屋敷では特に朝礼のような決まりごとはありません」

「ない？　だってさっきマルタさんたちが……」

「ええ。たしかに、先ほど急に彼女たちは集められていましたね」

「アガタさんはここにいていいのですか？」

「はあ……。私は特に何も言われてはいません」

なぜなのだろう？　昨日のリッィアーノ氏といい、この屋敷におけるアガタの立場は特殊すぎる。

「あなた以外に従業員は何名いるんですか？」

「私を除くと、ぜんぶで五名です。庭師が二名――この二人がいちばん古株です――それから執事が一人、女性従業員が二人……あ、でも今は……」

「なるほど。それで、アガタさんは集まらなくていい、と言われたのですね？」

「ええ、そうです」

それから、アガタは自分が喋りすぎたことを気にするように戸惑いの表情を浮かべ、黙礼してその場を後にした。

黒猫は沈黙の戻ってきた空間でスプーンをくるくると回して遊んでいた。何と悠長な態度だろう。

「妙ですよ。この屋敷は何だか朝から騒がしいと思いませんか？」

「そうかな？　静かすぎるくらいだと思うけど」

「そ、そういうことじゃないですよ！」

「何が問題なんだ？」

マチルドは黒猫の鈍さに苛立ちを覚えた。わざと異常さに気づかないふりをしているに違いない。

マチルドは自分の考えを黒猫に話そうとした。

ところが――。

「どういうことですか！　ご説明ください！」

突然、別室から甲高い声が聞こえてきた。

声の主は、執事のペネロペのようだった。

彼女は今にも靴の踵で火を熾《おこ》しそうな勢いで廊下を歩き去ろうとして、ドアが開いたままのダイニングルームの前で立ち止まった。マチルドたちに気づいたのだ。

彼女はなぜか口元を咄嗟にハンカチで隠した。

泣いていたのだろうか？　しかし、彼女の目に涙は見えない。

「どうされたんですか？」

「……何でもありません」とハンカチを当てたまま、イタリア語で答える。彼女のショートヘアは、今日も整髪料できっちりとまとめられていた。

昨日は凛々しい姿ばかりが際立っていたが、繊細な彼女の一面を垣間見た気がした。

「我々にとって、役を追われるほどつらいことはありません」

役を追われる？

解雇されたというのだろうか。

「理由は何ですか?」

「さあ。計画が変わった、としか」

「計画――」マチルドは咄嗟にこんな質問をぶつけてみた。「それは、塔と何か関係があるのでしょうか?」

「もちろん、塔の問題ですよ。ほかに何があるって言うんですか?」

苦笑しながら答えた彼女の目に宿っているのは、怒りの色だった。失礼します、と言うと、彼女は足早に立ち去ってしまった。

次いで、女性の泣き声が廊下で響いた。

開いたままのドアを、マルタが通り過ぎるのが見えた。

彼女の頬に光る雫を、マチルドは見逃さなかった。

「何があったんでしょう……」

さあね、と黒猫は言いながらも、じっと廊下を凝視していた。

「お姉さま!」

遅れて現れたのは、マリーアだった。

彼女は開いているドアからこちらを覗くと、尋ねた。

「お見苦しいところを……あの、マルタをお見かけになりませんでしたか?」

「彼女ならあちらに」

マチルドが廊下の奥のほうを指すと、黙礼して去っていく。

「部屋に戻ろう。我々はここにいないほうがいい」

黒猫はそう言うなり、立ち上がってドアのほうへと歩き出した。

マチルドは何が何だかわからずに黒猫の後を追いかけた。

## 2

ノックをして部屋のドアを開くと、黒猫は窓の外を眺めているところだった。

「何か見えるんですか？」

「見てごらん。すごい人だ。この町にこんなに人が隠れていたとは、ちょっとした手品だね」

言われてマチルドも窓辺に向かった。

塀の外では、人の群れがブッツィアーナ大通りを埋め尽くしている。

「……な、何ですかこれは！」

「例の祭りだろ？」

黒猫が窓を開けると、レモンの香りが一気に押し寄せてくる。

「通りの左右に、昨日から準備してた出店が並んでいる。どの店にも高々とレモンが積まれているから、レモンにまつわる祭りなんだろうね。シチリアといえば、何と言ってもレモン。スペインで行なわれるトマト祭りみたいなものかも知れない。まああれはちょっと激しいけれどね」

トマト祭りと言えば、トマトを投げ合う、明るくも熾烈な祭りだ。だが、外に広がる様子からは過激な雰囲気はない。時折バンドネオンの音色が聴こえてきては、それに合わせて群衆の合唱が始まる程度で、基本的に人々は飲食を楽しんでいるように見えた。

黒猫の視線は、やがて屋敷の外から敷地内へと移った。マチルドも黒猫の視線を追いかける。

二人が目撃したのは、ちょうど、ペネロペがボストンバッグを抱えて門から出て行くところだった。

彼女はまだ怒り冷めやらぬ、といった感じで一度屋敷を振り返って睨み、顔を背けて大地を踏みつけるように歩きはじめた。

「彼女は恐らく戻ってはこないだろう」

「そんな……」

マチルドは言葉を失った。つい昨日まで普通にここで働いていた人間が、突然解雇されるなんて。

「でも彼女だけじゃなさそうだ。ほら、二人目だ」

見ると、マルタが出て来た。

彼女は項垂れたままスーツケースを気怠そうに引きずっている。

「マルタまで？」

「だからさっきの涙なんだよ」

そう言われるとすべてに納得がいく。しかし妙なのは、彼女たちが出て行くことは、先ほどの騒動の前から決まっていたように思われたことだ。

マチルドの盗み聴いた会話が確かなら、彼女たちは、解雇かどうかはともかく今日荷物を持ってどこかへ行く手はずになっていたようだ。それが、その後の騒動で〈解雇〉という色を帯びた。

マルタは入口にやってきたタクシーに乗り込む。タクシーは人でごった返したブッツィアーナ大通りは使わずに、一本奥の細道へと消えて行った。

「そして、三人目」

今度は、ショッキングピンクのファーコートをふわりと纏《まと》った黒のミニワンピース姿の女が現れた。あんな女の人がこの屋敷にいただろうか、と一瞬考え込む。

「あっ……！」わかった。彼女は——。

「マリーアだ。制服は時に、人間の特性をわからなくするね」

制服を着ているときは、サイズの合わない服装とあどけない言動のせいもあって、見た目より幼げに感じられたが、今の彼女は娼婦のようですらあった。

荷物も手提げ鞄一つと軽装だ。

その後も、二人の中年男性がそれぞれ大荷物とともに屋敷を去った。

「これで、どうやらアガタを除くすべての従業員が屋敷を去ったようですね」

マチルドの言葉に黒猫は何も答えず、目を閉じた。

「それにしてもいい匂いだな」

「そんな呑気なこと言っている場合じゃないですよ！　何か大変なことが起こっているみたいですよ、この屋敷で……」

「大変？　他人の家の事情に、なぜ君がそんなに興奮するんだ？」

淡々とした様子で黒猫は言った。

「だって、気になりませんか？　なぜ突然解雇なんて……」

「何事にも理由はあるよ。本当に驚くべきは何も理由がないときだ。ちょっと君は驚くのが早すぎるな」

「何も理由がないなんてあるわけないじゃないですか！」

「そのとおり。滅多にない。だからそんなに騒ぐなと言ってるわけ」

駄目だ、話にならない。

はあ、と溜息をついたとき——ノックの音が響いた。

「どうぞ」

黒猫が答えると、気まずそうな顔をしたエレナ夫人が現れた。

「まあ、お邪魔だったかしら？」

二人の顔を交互に見てそう言う。

黒猫はマチルドを見やって「とんでもない。この通訳者が断りもなく入ってきて手を焼いていたところです」と答えた。

何という言い草！　マチルドがキッと睨んだが、黒猫は気にすることなく、歩いて行ってエレナ夫人を迎え入れた。

「外の匂い、気になりませんこと？」

エレナ夫人は黒猫に視線を向けてそう尋ねた。黒猫は優雅な笑みをたたえて「今ちょうどその話題を」と答えた。

「それなら、これから散歩をご一緒しませんか？」

マチルドには、そんな申し出以前に聞きたいことが山ほどあった。しかし、エレナ夫人の言い方にはどこか有無を言わさぬ語気が感じられた。

「行きましょう」

黒猫が答えると、エレナ夫人は幾分ホッとしたようだった。

「それではすぐにお支度を。今日は年に一度のリモーネ祭の日なの」

「支度をして下に降ります」

黒猫が答えると、エレナ夫人は「では後ほど」と言って退室した。

「まさか君は僕が着替えるときまでここにいるわけじゃないだろうな?」

「出て行きますよ」

人を変態扱いしないでもらいたい、と内心で不平を言いつつマチルドは慌てて隣の部屋へ戻った。それから、支度をして部屋を出る前に、謎をメモ書きしておいた。
●塔を〈成長〉させているのは何者か。
●なぜ、塔を〈成長〉させねばならないのか。
●昨夜、塀の外にいた人物は何者か。
●塔の傍を歩いていた人物は何者か。
●朝になってヒヌマ氏が従業員を解雇したのはなぜか。
しかし、このメモに書かれた謎は、ほんの二時間後には小さな謎に変わってしまうことになった。

その日の午後に起こったことを、マチルドは生涯忘れないだろう。それはあまりに一瞬の出来事で、それゆえに何度となくスローモーションで脳内再生されることになった。

# 3

風が運ぶレモンの香りが、シャワーのように爽快に全身に降り注ぐ午後だった。

屋敷のあるブッツィアーナ大通りでは、そこらじゅうに出店があり、みんな思い思いのレモン料理を売っている。レモンリゾット、レモンピッツァ、レモンゼリー、ピールジェラート、レモンチキンパスタ……見ているだけで再びお腹が空いてくる。

マチルドはたまらずレモン・グラニータを買い求めた。

「日本のカキゴオリに似てるね」と黒猫が言った。

「カキゴオリ？」

「氷にシロップをかけて食べるんだ」

すると、派手な毛皮のコートを羽織ったエレナ夫人が、隣から説明をした。

「でもこれの場合は、先にシロップをかけてからフローズンにするから、カキゴオリほど水っぽさはないかも知れませんわね」

黒猫は隣で売られていたレモンジェラートパフェを購入する。よほどジェラートが気に入ったようだ。

「アガタの作ったものよりべったりと甘いが、悪くない」

スプーンで一口掬って食べながら難しげな顔で頷く。まるで芸術鑑賞でもしているような顔だが、食べているのはパフェだ。

「アガタはもともとガラバーニ邸でもコックをしていたんだから、美味しいのは当然ですわ」とエレナ夫人が答えた。

マチルドはこの機を逃さずといった感じで問いかけた。

「そのアガタさんですが、今日はスタッフの招集からは外されていたようでしたね。なぜですか?」

「それは――彼女が料理人だからです」

「……どういうことでしょう?」

答えになっているようでなっていない。

「料理人はいなくてはなりません。私、料理が苦手ですもの」

「今日の招集は解雇を告げるためだったんですね?」

「そのようね。彼は何でも唐突に決めてしまうの。もともと今日の夕方までに荷物をまとめるという話にはなっていたけれど、解雇されるとは彼女たちも想定外だったことでしょうね」

「解雇以外の理由で、なぜ荷物をまとめていたんですか?」

「何にでも終わりがある、ということではなくって?」

思わせぶりな笑み。もしやエレナ夫人はマルタとヒヌマ氏がただならぬ関係にあったことを見抜いていたのだろうか。

マチルドはこんな推論を立てた。もともと夫婦間のいざこざを解決するためにいったんアガタを除く全員を里に帰すことにしていて、それが、今朝になって突然ヒヌマ氏が方針を変え、解雇したのではないか、と。

「なぜ急に解雇に踏み切ったのでしょうか? 何か問題でもあったんですか?」

マチルドは踏み込んで尋ねた。すると、エレナ夫人はかぶりを振った。

「わからないわね。彼なりの理由があるはずよ。彼は自分の好きなことになると人格が変わってしまうの」

ヒヌマ氏の、好きなこと——。

やはり〈遡行する塔〉と何か関係があるのだろうか。

しかし、塔が従業員解雇とどう関わってくるというのだろう?

「いま、ヒヌマ氏は何を?」

マチルドの問いに夫人は「わかりません」と目を閉じて答えた。

「ヒヌマはすっかり変わりました。最近では事業もほとんど社員たちに任せっきりで、あまり会社にも行かないんです。毎日〈成長〉を見届けたいからって。私がもっと早くに止めていれば……」

「人の精神に他人がしてやれることなんてたかが知れてますよ」

黒猫は表情一つ変えずに、ジェラートパフェを頬張りながら言った。彼なりの優しさかも知れなかった。実際、エレナ夫人はその言葉に救われたように悲しげな笑みを浮かべた。

「そうね。ありがとう」

「ところで……僕の舌、色変わってませんか？」

黒猫は舌をぺろっと出す。レモン色に変わっている。マチルドもエレナ夫人も思わず噴き出してしまった。だが、当の黒猫はそんなことにはお構いなしの様子で話を続けた。

「気になるのは、ヒヌマ氏が今日この時間に誰も屋敷にいてほしくなさそうだということです。正直に言ってください。僕たちを祭りに連れ出したのは、ヒヌマ氏に人払いを命じられたからですね？」

「え……そうなんですか？」マチルドは目を丸くして尋ねた。

「ええ、じつは。なぜかはわかりませんが、とにかく屋敷からあなた方二人を連れ出すように、と。私にもいてほしくはないみたいでしたわ」

黒猫はジェラートの最後の一掬いを口に収めた。それから、指を二本立てた。

「ある空間から人を追い払う理由は、二通り考えられます」

「二通り？」とエレナ夫人が聞き返した。黒猫はこくりと頷く。

「過去を改竄《かいざん》したい場合と、未来を邪魔されたくない場合」

「どういうことですか？　黒猫」

「たとえば何かを隠したいケース。特定の一人を追い払えば、動機が特定されてしまうが、全員を追い払えば問題にならない」

「森は木の葉に隠せ、ですね？」とマチルドは腕組みをする。

「木の葉を隠すなら森の中、だろ？　木の葉に森は隠せない」

「あ……」

マチルドは顔を赤くしながらグラニータを口に運び、顔の温度を下げる。

「反対に、これから起こることを邪魔されたくないとも考えられる」

「今日これから、何かが起こるってことですか？」

「僕はノストラダムスじゃない。未来のことはわからない」

黒猫の仮説を聞いていたエレナ夫人が口を開いた。

「これから起こることが、屋敷にいた誰かの仕業だと嫌疑をかけられるのを避けるため、というのはどうかしら？」

エレナ夫人のアイデアに黒猫は微笑んだ。

「それは面白そうですね。それほどの思いやりが彼にあれば、ですが」

ブッツィアーナ大通りはレモン一色。

そこかしこに堆《うずたか》く積まれたレモン。大道芸人までもがレモンをお手玉にして芸をしている。さらに十字路まで行くと――。

「逃げましょう！　あなたたち、やられますよ！」

「え……？」

エレナ夫人が注意した時にはもう遅かった。
七、八歳くらいの子供たちが、集団でいっせいにレモンの半切れ銃を手に襲撃してきたのだ。
「キャッ！」

顔を防ぐのが精いっぱいだった。人混みを掻き分けながら、エレナ夫人の向かうほうへと逃げて行く。その間も背中にレモンの汁が次々とかけられる。

まったく！　なんて子供たちかしら！

それに、こんなに私たちが困っているのに町の人たちも助けようとしないなんてどういうこと？　むしろ、彼らはマチルドたちを笑いながら見守っている。もはや事態はマチルドの理解の範疇《はんちゅう》を超えていた。

どうにか公園の芝生のほうまで逃げたところでようやく子供たちの姿が見えなくなった。

息を切らしながら、マチルドは尋ねた。

「さっきのは、一体何なんですか？」

　エレナ夫人はマチルドの髪にかかったレモンの汁をハンカチで拭きとってくれた。

「子供たちは毎年この日、大人たちにレモン汁をかけて回るの。この日だけは誰も子供の悪戯《いたずら》を怒らないわ」

　どうりで、人々が笑顔だったわけだ。

「やっと見つけたよ」

子供たちの襲撃を免れたらしい黒猫は、のんびりとした足取りで公園に現れた。

「大変な目に遭ったようだね」

「黒猫が遭えばよかったんですよ！」

「僕は人混みに紛れるのが得意なんだ」

　こともなげにそう言って黒猫はタイル製のベンチに腰かけた。

「ちょっと休ませて」とエレナ夫人は肩で息をしながら芝生に横たわった。そうして足を伸ばしていると、彼女はまだ十代のように見えた。

「太陽の光も、搾れるだけ搾られているみたいですわね」

　彼女は目を細めながら太陽を見つめて微笑んだ。

　街の陽は、永遠にこの土地のものであるかのように空に留まり、通りに連なるレモンたちを照り輝かせていた。

「このブッツィアーナ広場も、ガラバーニの設計なんですのよ」

素材を確かめるようにベンチを撫でている黒猫に、夫人はそう話しかけた。

「らしいですね。外周をドーリス式の支柱に囲ませたのは、ギリシア建築への憧憬でしょう。この公園は、ガラバーニが五年間の沈黙に入る直前に設計されたと聞いています」

「そのようね。もとは町の有力者から分譲住宅地区を造るように依頼されたものの、最初に建てられた一棟の買い手がなく、依頼主が憤慨して計画を取りやめたの。でも、共用部は完成していたからそのまま町に寄付して公園に変えたそうですわ」

「〈遡行する塔〉を建てる五年前のガラバーニは、才能が枯渇していたようですね。公園としては成功しているとも言えますが」

黒猫は目を閉じる。穏やかな風が、黒猫の髪をさらりと揺らした。

一機のバルーンが微風に身を委ね、ゆったりとした速度で進んでいるのが見える。公園の時間は、そのバルーンよりもゆっくりと流れていた。時間を感じさせるのはつねに形を変える噴水の動きだけ。

神話のなかのワンシーンのようだ。

そして、公園の左手前方には〈遡行する塔〉。

ん？

マチルドは、ふと目を留めた。

公園からは、ブッツィアーナ大通りを挟んでヒヌマ邸をぐるりと囲んだ塀が見え、さらにその奥に塔が見えている。

その塔が、目の錯覚か、動いて見えた。

マチルドは目をこすり、再び塔を凝視する。

すると、ちょうどそのタイミングで先端部分に、白大理石を持った手が一瞬現れて消えた。

ここからでは空洞部分の様子は見えないが、恐らく、何者かが塔の中にいて、円蓋の最後の空洞部分を埋めようとしているのだろう。

〈成長〉の瞬間。

ついに、マチルドはそれを目撃してしまった。

同じく塔を見ていた黒猫は、ベンチから立ち上がると、一気に駆け出した。

「まずいぞ」

「ま、待ってください！　黒猫！」

慌てて黒猫の後を追いかける。

前方で、塔は大きく揺らめいている。

やがて、子供の積木が倒される時のように、あっけなく塔が崩壊した。

〈成長〉しすぎた塔は、神秘を内側に残したまま、無に帰したのだ。

黒猫はヒヌマ邸の塀へ近づこうとしていたが、人の洪水がそれを押し戻し、前へと進ませなかった。

人々は見上げていた。

マチルドは黒猫の遥か後方にいたが、状況は黒猫よりも悪かった。ややもすると大通りから弾かれてしまうのだ。

しまった。黒猫を見失った。

どこに消えたのだろう？

人の群れは、さながら渦だった。彼らの興味は祭りから消えた塔へと移って騒然となり、そのために渦の流れは読みにくくなった。

その中で、マチルドは不思議な光景に思わず釘づけになった。

ヒヌマ邸の塀のすぐ傍――人々の視線から免れた場所で、一組の男女が抱き合っていたのだ。

二人はキスをしていた。

こちらに背を向けている、赤いワンピースを着た黒髪の女性は、すぐに正気を取り戻し、パッと男から離れ、人混みに消えた。

次の瞬間、マチルドはアッと声を上げそうになった。

黒猫を見つけたのだ。彼は今しがた男女が抱き合っていた場所よりさらに塀の際《きわ》、敷地南から東にL字型に配された寮棟の南棟前辺りにいた。

それだけのことなら、マチルドはもちろん驚かなかった。問題は、黒猫の手が、誰かの腕を摑んでいたことだ。

そして、黒猫に引っ張られて、その人物の姿が明らかになったとき、マチルドは戸惑いを隠せなかった。

それは、先ほど男性とキスをしていた赤いワンピース姿の女性だったのだ。

今度はマチルドの角度からでも、顔が確認できた。

日本人のようだ。

黒猫が日本語で話すのが聞きとれた。その言葉は異国の言語であるがゆえに、はっきりとマチルドの耳に届いた。


「ナゼキミガココニイル？」


言葉の意味はわからなかった。

わからないことで、余計に二人の仲が親密であるように感じられた。

マチルドは喉がからからに渇いてきた。

嫉妬と言えるほど尖ってはいない。

しかし、確実に不穏な状態に追いやられていた。

ねえ、黒猫、その女性は誰なのですか？

黒猫は、彼女と二、三言、言葉をかわした後、塀に沿ってヒヌマ邸の門へと向かい、そこから中へと入り込んだ。

放心状態から立ち直ると、マチルドはもみくちゃにされながらも塀を目指した。どうにかヒヌマ邸の門から庭園に入り込んだのは、結局塔の崩壊から十五分が経過したときだった。

そこでマチルドは知ることになった。

クニオ・ヒヌマが、瓦礫の下敷きになって死亡していることを。

# 第二部　定められた未来

# 第一章

## 1

久しぶりに訪れる三月上旬のロンドンは、都市自体が巨大な冷蔵庫にでもなったかのようだった。ストーク・ニューイントン大学の校庭にも、霧が立ち込め、芝にもまだ部分的に霜が降りている。

だが、いま目の前にいる口髭の御仁の、目から上があまり見えないのは霧のせいではない。その隣に座るエドワード教授の葉巻のためだ。

国際美学フォーラム終了後、ここストーク・ニューイントン大学のカフェテリアで真っ昼間から打ち上げパーティーが行なわれることになった。慣れないスーツにだいぶ疲れ、そろそろリラックスできる恰好に着替えたかった。

髪も長くなってきたから仕方なくまとめているが、スーツで肩が凝ることを計算に入れて事前にショートにしてしまうのだった、と今さらのように後悔しはじめる。

場内では、学会で立派に美学を論じていた世界各国の美学者たちが、思い思いに酔い、歓談に興じている。

エドワード教授は、ひとしきり研究について語り終えると、その隣で煙をもろに顔に浴びて、目を真っ赤にしている唐草《からくさ》教授にようやく気がついた。

「これは申し訳なかった、ミスター・カラクサ」

彼は慌てて葉巻の火をテーブルの灰皿に押しつけて消した。

「つい、いつもの癖でね。たいへん申し訳ない」

エドワード教授は非礼を詫び、再び自分の話に戻った。

「とどのつまり――〈イメージ〉と〈物質〉の境界線、そいつが問題なのですよ」

イギリス英語で彼はそう言った。

「そうですね」と唐草教授も相槌を打つ。「たとえば、ブドウ。球体の果実がいくつも房状に生《な》る果実をブドウと呼ぶ。味は渋みと甘みと酸味が重なり合って深みがある。これらは〈物質〉の特性であり内容です。だが、ブドウという物体を見たときに瞬時に我々の頭に浮かぶ点では〈イメージ〉でもある、と」

「そういうことです。レヴィ＝ストロースなら〈構造〉と表現するでしょうが、私はあえて〈イメージ〉と言いましょう。〈イメージ〉と〈物質〉が近い関係にあるのは、我々の〈イメージ〉が〈物質〉の内容をインプットすることで成立している結果であり、いわば当然なわけです。しかし、これからの時代は、〈イメージ〉の中から〈物質〉を極端に概念化した〈虚構〉の部分こそが唯一芸術的価値になっていくことでしょうな」

「あなたの定義する〈虚構〉とは何ですかな?」

唐草教授は核心を突く。

不敵な笑みを浮かべてエドワード教授は答える。

「名前を持たない〈イメージ〉のことですよ。たとえば、そうですね、〈ブドウの囀《さえず》り〉という詩句があったとします。〈ブドウ〉にも〈囀り〉にも家族や民族、一個人の歴史に至るさまざまな固有の内容があり、それらの内容から成り立つ〈イメージ〉があります。だが、二つが合わさるとき、〈ブドウ〉も〈囀り〉も名前が持つ〈イメージ〉はそぎ落とされて、〈ブドウが囀っている〉という、現実にはあり得ない〈虚構〉が生まれます」

「なるほど。それこそが純粋な〈虚構〉である、と」

唐草教授の口ぶりが、どこか腑に落ちないと感じている時のものであることに気づいた。

「ええ、まあ」

対するエドワード教授は自信満面だ。

たしかに、あらかじめ我々の手元に〈囀るブドウ〉などあるはずもない。したがって、それは脳が自ら創りだした、完全なる虚構のイメージには違いない。しかし――。

「そうなると、一つ気になることがあります」思わず口を挟んでしまった。

エドワード教授は、初めてこちらに目を向け、存在を認めた。

「おやおや、君は先ほどのポオの……」

さっき、国際美学フォーラムで発表を終えたばかりだ。

「『メエルシュトレエムに呑まれて』に関する君の考察はなかなか新しかったよ」

「ありがとうございます」

研究は、ポオの作中に登場する〈水〉のイメージに関する考察だった。

「それで、何が気になるのかな？」

先ほどから疑問に思っていたことを口にした。

「そのような〈虚構〉は〈幻想〉とどう違うのでしょうか？」

「いい質問だ。うちの学生にもこれくらい気の利いた質問をしてほしいものだ」

褒められて照れていると、エドワード教授は表情を引き締めてこう言った。

「お答えしよう。〈幻想〉と〈虚構〉は正反対だよ」

「正反対？」

「〈幻想〉は存在しないイメージだが、〈虚構〉は真実の奥底に内在するイメージだ」

なるほど――と昔なら納得していたところだが、ここでまた一つ気になってくる。

「しかし、それはおかしいのではないですか？」

「おかしい？」

「ええ。〈ブドウが囀っている〉は、考えようによっては〈幻想〉です。これが〈虚構〉と考えられるのは、平面に描かれた方形と平行四辺形の組み合わさった図を見て立体図形だと判断するのと同じで、〈ブドウが囀るはずがない〉、したがって〈ブドウが囀っているような何らかの状態を意味しているはずだ〉という風に、半ば自動的に考えた結果ですよね？」

「たしかにそうだが……」

「つまり、定義はもっと細かくされるべきだと思うんです。たとえば、『〈虚構〉とは、先験的《ア・プリオリ》にその存在を知覚で捉えつつ、経験則《ア・ポステリオリ》にしたがって抽象化され、現実に落とし込まれたイメージのことである』とか、ですね」

　ニンマリと笑ってエドワード教授は拍手した。

　だが、よく見ると目が笑っていない。公衆の面前で恥をかかせてしまったのだろうか。だとしたら、まずいことをした。

「さすが、『ユリイカ』をものしたポオを研究する人は革新的だな。この続きは夜にどこかのバーででも続けないかね？」

　よかった。それほど怒っているわけではなさそうだ。

「申し訳ありません。我々は今夜の便で帰国しなくてはならないんです」

「残念だ。君のような美しい女性からポオについての見解をもっと引き出してみたかったね」

曖昧な愛想笑いでかわす。

いつもに比べて思い切って発言をしたせいか動悸が激しい。ようやくエドワード教授が腰を上げ、握手をして「ちょっと別の人に会わねばならなくてね」と言いながら去っていった。

「姿勢が変わったね」唐草教授がぼそりと言った。

「え？」

「君だよ」

「……そうですか？　猫背になってます？」

そうじゃない、と唐草教授は言いながら、ジャパニーズティーと書かれたドリンクサーバーから注いできたウーロン茶を飲んだ。

「他人の発言を鵜呑みにしなくなった。話を聞きながら、それを自己の思考と照らしあわせ、発展させる客観的攻撃性が身についてきたようだね」

客観的攻撃性——そんなものが自分のなかに芽生えているのかどうか、わからなかった。ただ、日を追うごとに思考がシンプルになってきているのは確かだ。大学院生というのは、もはやただ講義を聴いていればいい存在ではない。ましてや、来年度はいよいよ博士論文提出が迫っている。黒猫がいたら、君の進歩は亀並みだなと叱咤されるかも知れない。

「学習が遅いんです」

「黒猫クンだって、彼自身の要求よりは成長は緩やかだろうよ」

唐草教授はにっこりと微笑んだ。

黒猫のことを考えたのが読まれたようで、頬が熱くなった。

「彼も、相変わらず忙しいようだね」

「黒猫と、連絡を？」

唐草教授が黒猫の近況を知っていたことに驚いた。考えてみれば、師弟の間柄。当然と言えば当然ではないか。

「ああ、せっかく我々もここまで来たから、彼に出向いて来ないかって言ったんだけど、無理だと断られたよ」

「……そうですか」

そうですか、そうですか。

ロンドンまで来ることとなんてそうそうあるわけじゃないのに。パリとロンドン。近くはないけれど、無理をすれば来られる距離。でもそんな時間もないわけね……。

何となく面白くない。

気がつくと少しずつ眉間に皺が寄りはじめていた。いけない。慌てて指でその皺をぐいと伸ばす。黒猫を責める筋合いはない。自分も事前に連絡しておけばよかったのだから。

司会者がマイクの前に立った。

〈ウェル……レディーズアンドジェントルメン〉

余興が始まるようだ。だが、もはやこちらの気持ちは会場から離れはじめていた。

## 2

ロンドンで開かれる国際美学フォーラムへ参加しないかと唐草教授に声をかけられたのは、年が明けてすぐのことだった。

――今年のテーマは〈水と美学〉でね。向こうの意図としては、環境問題と美学の問題もろもろを絡めたシンポジウムにしたいようだ。君、出てみないかね？

そんなことを突然言われても、環境についての自論は特に持ち合わせていない。返事に窮していると、重ねて唐草教授は言った。

――こういう提案に迷ってはいけないよ。とりあえずやってみればいいじゃないか。君みたいな若い子が失敗したって誰も笑わない。その失敗がこの先にどう生きるか、そう考えてみてごらん。

唐草教授がこう言うのは、年度が変わればいよいよ博士課程の最終年に突入することを念頭においているからだろう。「大鴉《おおがらす》」をテーマに博士論文を書くことはすでに決定しており、レジュメはもちろんのこと、資料集めもいよいよ佳境に入ってきている。

あと、足りないのは、エッジの立った観点。これぱっかりはただ研究書を前にふむふむと感心していても育たない。唐草教授の言うとおり、失敗を恐れずに実践の場数をこなすのも荒療治かも知れない。

――……わかりました。

そう答えたものの、本筋の「大鴉」研究を差し置いて、〈水と美学〉というキーワードから言えることがあるのだろうか？

水と言って浮かぶのは、ポオ研究者の自分にはやはりあの一作しかなかった。

「さっきの『メエルシュトレエムに呑まれて』に関する論考もそうだ。参考文献の扱い方が格段にうまくなった。迷っている風がないね。前は文献に当たりながらちょっとずつ道を探っている気配があったが、今は見通しを立てて臨み、ハードルをクリアしつつ軌道を修正したり補足したりして進む。そして、そのパースペクティブがじつに実験的で面白く、味がある」

今日の発表については、自分でもよくできたと思っていた。ただつねに、黒猫がいたら何と言うだろうと考える癖は抜けない。「黒猫の目」で採点したら、七十点すれすれくらいだろうか。

「メエルシュトレエムに呑まれて」はこんな話だ。

漁師の老人の案内で、ノルウェー海岸沿いのヘルゼッゲン山の頂上へやってきた語り手。彼は断崖絶壁から、巨大な渦巻き〈メエルシュトレエム〉を見せられる。息を呑むような光景を前にして老人は、〈メエルシュトレエム〉にまつわる自身の過去を語りだす。

三年前、彼は兄と弟とともに漁船をだし、危険を顧みずにいちばん魚がよく獲れる渦の近くで漁をしていた。時間を見計らって渦が発生していないときに引き上げれば、いつもは問題ないのだ。

ところがその日、想定外の嵐に見舞われてしまった。まず初めにマストに摑まっていた弟が海に飛ばされて行方知れずとなる。船に残されたのは老人と兄の二人。船は確実に渦に呑まれようとしていた。

唯一の希望は、間もなく渦が終わる時間になるのではないかという観測だった。しかし、その望みも絶たれる。腕時計の針が止まっていたのだ。

兄はすでに死神に魅入られたように硬直して動かない。老人は頭を働かせながら渦を見つめる。そうして観察するうちに、やがて渦に呑まれて粉々になるものと、ゆっくり呑まれていくものがあることに気づく。そこにある法則を見つけた老人は一か八かの賭けに出る——。

今日の発表では、「メエルシュトレエムに呑まれて」を解体しながら、温暖化をはじめとする環境問題に対して美学はどのような立場であるべきなのかを語った。

会場での反応も概ねよかったのだけれど、質疑応答はまだまだだなと感じた。自分の理解を超えた角度から繰り出される質問への対応の仕方がわからない。

結果として発表自体よりも、質疑応答のぎこちなさのほうが記憶に残って後味の悪いものとなってしまった。

「質疑応答を何とかしたいです」

率直にそう答えると、唐草教授は笑った。

「質疑応答の基本は、〈答えられることを、相手の質問に合った形で答える〉ということだ。時には知識や学者としての見聞のレヴェルが格段に上の相手から鋭い指摘をされることもある。即答できるに越したことはないが、人間誰しも即答できないケースがあるものだ。だが、動じることはない。正直に答えることさ。考えたことのない問題だったら、〈これから調査します〉と言えばいい」

「なるほど……」

そうか、その場で答えようとするからいけないのか。答えられないものは、いくら頭を悩ませても意味がない。これは案外研究云々ではなく社会人としての基礎かも知れないな、とぼんやり考えた。

「ボードレールの詩ではないが、それこそ〈照応《コレスポンダンス》〉が重要なんだ」

「〈照応〉？」

「木の葉にせよ、水面にせよ、それぞれのやり方で太陽の光に照応する。どんな質問がくるかは予測がつかなくとも、自然に考えれば、質問に対して答えられることは、あらかじめ決まっている。とにかく、気にすることはない。成功した部分を喜びたまえ。もちろん、成功と失敗とを見極めねばならんがね」

そう言われて、ようやく肩の荷が下りた気がした。

「そんなことより、久々のロンドンなのに、今夜飛行機で戻るなんてキツいスケジュールにしてすまなかったね」

「いえ、じゅうぶん堪能しましたし、夕方までは散策もできますよ」

修士課程の時にイギリスに短期留学をしていたことがある。その頃は毎日フィンズバリー公園を歩き、噴水の前でぼんやりとポオの詩の解読などをして過ごした。ポオはロンドンに住んでいたことがあるので、ストーク・ニューイントンの寮に始まり彼が訪れたであろう地を巡ったりもした。

考えてみれば歩いてばかりいた気がする。

「本当は黒猫クンが顔を出してくれるんじゃないかと期待していたんだがね」

「しょうがないですよ、忙しいんでしょう」

割り切っているつもりなのに、思わず俯《うつむ》いてしまった。

黒猫とはもう長いこと会っていない。相変わらず電話はない。電話が苦手だから、と以前言っていたから、それは仕方ないのかも知れない。でも——と考える自分を叱咤し、どうにか前を向こうとしてこの半年頑張ってきた。

机の上には、今もドライフラワーの薔薇を入れたシードルのボトルが飾ってある。それを見るたびに、勇気を持てと心の中の自分が言い、もう一人の自分がそんな場合じゃないでしょ、とたしなめた。

黒猫への想いはくっきりとした形を持ちながらも、そこにゴールがあるのかという問いには答えを出せないままだった。

「そうだ、君に紹介しなければいけない人物がいるんだ」

唐草教授は、こちらの背後を見やる。

振り返るより先に、後ろから声をかけられた。

「スクーズィ」

イタリア語？　驚いて顔を向けると、長身の男性がこちらを見下ろしていた。エメラルドグリーンの目と、さらりとした小麦色の髪が印象的な白人男性。それから彼はきれいな英語で言った。

「やっと出会えたね。ロンドンまで来た甲斐があったよ」

やっと?

戸惑うこちらに、彼はきらりと白い歯を覗かせて微笑んだ。

# 3

自己紹介文だけは覚えたという感じのたどたどしい日本語だった。握手をかわし、自分も名乗った。

「ハジメマシテ、トッレ、トイイマス」

唐草教授が隣から説明を加えた。

「数年前に彼の作品を批評した縁で、メールのやりとりをするようになってね。トッレはイタリア出身の映画監督で、俳優でもある。一昨年ハリウッド出資で撮った『水の上では走れない』は記憶に新しいだろう?」

その映画は、年末にまとめて借りたDVDのうちの一本だったのでよく覚えていた。そして、目の前にいる男が、その映画の主演俳優だったこともはっきりと思い出せた。スクリーンの向こう側にいるべき人間が目の前にいるというのは、奇妙な気持ちのするものだった。

「じつは日本を発つ十日ほど前に彼から連絡があった。その際に、君のことを話したら、どうしても話をしたいと言っていてね」

「私と？」訝っていると、トッレ監督が話しかけてきた。

「今撮影している作品に、出演してもらいたいんだ」

イタリア人のちょっとノリの良すぎる冗談に愛想笑いを返す。

ところが――。

「できれば、今日この後、僕と一緒にイタリアの撮影現場へ直行してもらえないかな？」

「え……？」

耳を疑った。当然、社交辞令の軽い冗談だと思っていたのだ。トッレ監督は続けて言う。

「まじめな話だよ。君を一日だけ、借りたいんだ」

「……ど、どういうことですか？」

唐草教授は、トッレ監督の後を引きとるようにこう言った。

「彼は今、イタリアで新作を撮影している。主演は彼自身だ。それで、映画に不可欠な役柄を演じられる女性のことで僕に相談してきたんだ。人種は問わず、知性の備わった黒髪の女性を求めていると彼は言った。だから、君はどうかと言ったんだ」

どうして自分なのだ。黒髪の女性ならほかにも山ほどいるだろうに。しかもそれほど知性を備えている自覚もないのに……。

「実際に君の発表している姿を見て、決めた。君がいい」とトッレ監督は言い放った。

「そんなの……無理ですよ、飛行機だってとってますし」

「飛行機は私のほうで何とかする」と唐草教授。

「でも……」

頭の中は、雪の降り積もった野原のように真っ白になる。

世界は混沌としている。ある日突然、映画監督に出演依頼をされるような日常が不意に開かれたりも——するかも知れない。

だが、身体が突飛な現実に反応しきれない。

トッレ監督はこちらを安心させるように両肩を叩いた。

「大丈夫、心配しなくていい。重要な役だけど、難しくはないから」

「重要だけど、難しくはない？」

「正確に言うと、君はただ歩くだけでいいんだ。主人公が最後に十五年来離れていた想い人を発見するシーンがある。台詞もない二十秒程度のシーンで、後ろ姿しか映さない」

「でも……年齢的に不自然じゃないですか？　十五年ぶりの再会じゃ……」

これでもまだ二十代半ばである。

「あまり十五年の歳月を感じさせたくないんだ。というより——本人と別人の間くらいの雰囲気を出したい」

本人と別人の間くらい？　何だろう、それは。

彼は指でフレームを作ってこちらを覗き込む。

「うん、君は被写体として申し分ない。僕が求めていた女神だ」

唐草教授の顔を見た。

その微笑が、何を言わんとしているのかは理解できた。

——とりあえずやってみればいいじゃないか。

新しいことに挑戦するのに、悩む必要はない。それは唐草教授のモットーでもあるのだろう。「これから一年、君は休みなく論文に打ち込むことになる。ちょっとしたヴァカンスになるんじゃないかな？」

そんな無茶苦茶なヴァカンスがあってたまるものですか。

「イエスと言ってくれないか」トッレ監督がこちらに笑顔を向ける。

迷った。でも、断る理由はどこにもなかった。

顔は映されない。後ろ姿だけ。プライベートに何も影響はない。

「妙な衣装だったりしませんよね？」

「赤いワンピースだ」

「丈はどれくらいですか？」

「お気に召すままに。裾を踏んで転ぶのでなければ何でもいいよ」

「……わかりました。撮影が一日で終わるのなら」

唐草教授が、大きく頷いた。それでいい、ということか。

「ではすぐに荷造りを。じつは飛行機の時間が迫っているんだ。三十分後に大学の門のところで待ち合わせよう」

腕時計を確認する。三十分後は午後一時半だ。

「わかりました」

トッレ監督が立ち去ると、唐草教授が耳元で囁いた。

「舞台は彼の地元らしい。景観は地上の楽園さながらだと聞く。気持ちをリフレッシュさせておいで。さあ、行きなさい」

「……行ってきます」

頭を下げると、身支度をするべくその場から離れた。

大学のゲストハウスはすぐ裏手にある。

部屋に入ってすぐ洗面台の鏡の前に立ち、おや、と思った。いつから自分はこんな目をしていたのだろう。

目の形や大きさが変わったわけではない。

ただ、以前はもっとぼんやりとした雰囲気があった気がする。

それが——消えていた。

二十代のうちは顔なんか変わらないと思っていたが、昔の母の写真も、学生時代と院の写真では印象が違ったことを思い出す。

顔も内面も、少しずつ大人になってゆくのだろう。

そしてまた一つ、思いがけない旅に出かける。

この先の人生にもきっと大なり小なり、意外なことが待っているに違いない。その体験のすべてが、自分を作り変えていくのだろう。

この不思議な感じを言葉にして伝えたい人がいる。いま、地理的に、自分は彼とだいぶ接近しているのだ。

イタリアか——。

通り越しちゃうじゃない。

帰りに時間があったら、立ち寄れるだろうか。

でも、何の連絡もなしに突然行ったりしたら、迷惑？　何しろロンドンに来る時間もないほど忙しいそうだから。

黒猫の顔は思い出せる。その仕草も、仔細に。それなのに、黒猫がそばにいた時間を思い出そうとしても、うまくいかない。

さらにその心の中となると、余計にぼんやりしてくる。

——ボードレールの詩ではないが、それこそ〈照応《コレスポンダンス》〉が重要なんだ。

不意に唐草教授の言葉が脳裏をよぎる。

うん。会ったときに考えよう。今はもう黒猫のことは考えない。

「よし！」

ぐーんと伸びをすると、急いでベッドの上に散らばった服を拾い集めた。それから、スーツを脱いだ。どうせ現地では役のための衣装が用意されているのだろうし、こんな肩の凝る服を着ている必要はない。

デニムとカーキ色のセーター。いつものスタイルに戻ると、深呼吸をして鞄を持ち、ドアを開けた。

# 第二章

## 1

「後悔してない？　僕についてきたこと」

　飛行機に隣り合って座るとすぐ、トッレ監督はそう尋ねた。

「……いいえ」

「よかった。しょうじき、強引すぎたかなと思っていたんだ」

「強引は強引でしたけど」と素直に答えておく。「でも、一度決めたことについてはあれこれ考えないようにしているので」

「いいことだ。僕も後悔はしない主義だ。先々のことを考えて憂鬱になることはしょっちゅうだけどね」

　飛行機はゆっくり上昇していく。ついさっきまで知り合いですらなかった外国人の男性と二人で空を飛んでいることに、人生の奇妙さを思った。

彼は気難しい顔で溜息をついた。

「スタッフは現地のヴァージル・ホテルに泊まってる。明日の撮影許可を事前に取り付けたり、まあいろいろと大変さ」

トッレ監督はせわしない身振りをまじえながら早口で語る。

社交の場で見せていた温和な雰囲気とは一変して、気難しげな表情でノートパソコンの画面を見つめるトッレ監督は、神経質なタイプに見えた。

もっとも、それはあくまで内向きなもので、こちらに何かを求めているわけではなさそうだった。むしろ、彼は他人に一切期待していないのではないかと思われた。

彼は本と景色とパソコンとを順番に見て、同時に片耳にイヤホンも突っ込んでいる。これでこちらとも会話をしようというのだから、頭の中を拝見したいものだ。

感心しながら眺めていると、突然彼は作業の手を休め、視線をこちらに向けた。

「君はとても不思議な女の子だ。どこにでもいそうなのに、どこにもいない。取り立てて際立った美人でもないし、君に似た女性に会った覚えもないのに、何かしら人に運命的なものを感じさせる」

「……あまり言われたこと、ないですね」

「男は面と向かってそんなことは言わないのさ」

そうなのだろうか。

黒猫はどうだろう？　どちらとも言えた。思っていることは素直に言いそうな気もするし、何も言わないようにも思える。

もっとわかりやすいタイプだったらこんなにモヤモヤを抱えずに済むのだろうけれど、というところまで考えて、まだトッレ監督の視線がこちらに向けられていることに気づく。

「そんなに……まじまじと見つめないでください」

「カメラの前に立つんだ。視線に慣れておいたほうがいい」

それはそうだろうけれど。あまり日常的に人に見つめられる経験がないので、妙な気恥ずかしさばかりが募ってしまう。

「君の魅力は言葉に還元しにくい」

「魅力がないってことだったりして……はは」

茶化してみるが、フンと鼻で笑われてしまった。

「僕の前では無駄な卑下《ひげ》は必要ない。僕は君を高く買っているし、それは君の発言で変わるわけではないからね。とにかく、こうして一緒の飛行機に乗ってくれたことに感謝するよ」

それから、トッレ監督はそっとこちらの髪を撫でた。男性が女性に触れるやり方ではなく、芸術家が自分の作品を確かめるようなやり方だった。

「強いて言うなら、君は存在しない記憶に似ているんだと思う」

んだよ」

「君という被写体の後ろ姿が映る。すると、観客はあるはずのない記憶をくすぐられる。見る人に何かを感じさせずにはおかない。君は個人を超えた名前のない〈彼女〉になれるんだよ」

彼女――。

しばらく、トッレ監督の言葉の意味について考えた。喜ぶべきことなのだろうか。浮かんでくるのは、自宅の机に置いてきた塔馬《とうま》の手による透明なガラスの像。膝をわずかに曲げ両手を広げた〈彼女〉には名前がない。

芸術作品はそれでいいかも知れない。だが、いくら鑑賞者にとって特別なものであったとしても、やっぱり人間は現実の世界で、大切な人から名前を呼んでもらいたい、と願ってしまうものらしい。

「撮影って、それに至るまでの準備が大変そうですね」

話題を逸らすつもりでそう言った。

「そうだね。映画はあまりにもコストと時間のかかりすぎる芸術であることは否めない。僕は撮影を短期間で済ませるほうだけどね」

「長い人は一年とか二年とかかけますよね？」

「出資が大きいとスポンサーのチェックも厳しいから時間がかかる。でも、断言できるけど、一作にそれだけの時間をかけたって、映画作りのプロセスは面白くも何ともないと思うよ」

「しかし、精度を上げるのも、喜びなのでは？」

「ほかの芸術ならそうかも知れない。だが、映画は一人で作るものじゃない。共同作業は多かれ少なかれ不愉快さを含む。想像してごらん。二十人が一冊の本を同時に読んでいたら、自分のタイミングでページをめくることさえできないんだよ」

想像してみたら、笑ってしまった。

「一年待ってたって大道具係は完璧な舞台なんか用意しないし、俳優たちは百パーセント思いどおりの演技なんか絶対してくれない。僕にできるのは、彼らが彼らの能力で準備できたものをまな板の上に並べて、さてどう調理するかということでね。だから反対に、できるだけリアルな作りにするために、役に必要な経験をもつ、ずぶの素人を配役する場合がある」

「素人を？」

「たとえば、タクシーの運転手の役なら、無名の役者よりも本物のタクシー運転手経験者のほうがよほどうまくやれる。せいぜい撮影現場で役になりきって二、三週間過ごせば誰でも俳優にはなれる」

あくまで一監督の目線から見た特殊な意見だろう。一般的な映画監督の手法とも思えない。

「トッレ監督にとって映画とは何なんですか？」

「実益をかねた趣味かな。個人的な鑑賞者としても、いわゆる大傑作に興味がもてないんだよ。大衆が感動するのはいつだって映画の〈からだ〉だよ」

「映画の〈からだ〉？」

「若くして親を亡くした主人公、恋人との別離、生き別れた兄弟との再会、それらの筋を効果的に見せてほしいと思っているんだ。あらすじという骨に演出という肉をつけた〈からだ〉が見られれば満足なのさ。今度の映画だって、人によっては〈からだ〉しか見ないと思うね」

「どうしてですか？」

「タイトルは『プロメッサ』。意味は〈約束〉。今度の作品は僕の十作目に当たる映画で、僕の生まれ故郷で撮影する、とすでにだいぶ前からマスコミに情報を出している。くわえて主人公は映画監督だ。当然、配給会社は封切りの際に『監督の自伝的長篇映画！』と煽ることだろう」

「本当は違うんですか？」

「そう言える部分もある」とトッレ監督は静かに言った。「だが、絵コンテは十五年前にすでにできていたものなんだ。その頃はまだ映画の道に入ってすらいない」

驚いた。そんな若い頃から、自伝として公開されるような映画を考えていたなんて……。

「どうして、今まで『プロメッサ』を撮らなかったんですか？」

すると、彼は目を瞑《つむ》って、こう言った。

「ワインと同じだよ。何事にも熟成が必要なときはある」

それから、まるで逃げるように窓の外に目を向ける。儚《はかな》げな眼差しには、十五年という歳月が樽の中で寝かされた葡萄酒ほど呑気なものではなかったであろうことが察せられた。

この人が抱えているのは、苦しいだけの荷物でもなく、しかし馨《かぐわ》しい喜びでもない。

ただそれを手放せずに今日までたどり着いたのだ。

やがて——窓の外の真っ白な景色を見るうちに、束の間の睡魔に襲われ、目を閉じる。

次に目覚めたとき、自分が別の国にいるところを想像しながら。

## 2

窓から見下ろした大地には、明るい色彩の屋根が広がっていた。

イギリスの格式ばった几帳面な感じも好きだが、芸術の香り漂うイタリアの街並みは、見ているだけで心が浮き立ってくる。

空港からバスで移動し、駅へ向かうまではそれを眺めているだけで飽きなかった。トッレ監督はと言えば、もう見慣れた景色なのか、PCと睨めっこをして編集作業を続けていた。時折、寒くないか、とか聞いてくれるほかは何も喋らない。だが、それがかえってありがたかった。

見知らぬ街を自分の身体にフィットさせるためには、一人で風景と対話する時間が必要だ。

耳に入ってくる子供たちの話すイタリア語や、バンドネオンの音色。そういった一つ一つが、新鮮でもあったし、またそれを当たり前のものとしていったん受け入れようとも思った。変に物珍しがるのではなく、拒絶するのでもなく、あるがままに。

見ること、聞くこと、それらはすでに研究の出発点だ。こんな美しい風景を訪れることは滅多にない。見聞きするすべてに静かな気持ちで臨みたかった。

目的の駅からタクシーで五分のところにあるヴァージル・ホテルに着いたのは夕方だった。

トッレ監督はすぐに現地にいるスタッフと打ち合わせに入ってしまい、こちらはホテル五階の宿泊部屋に荷物を置いた後、自由時間を利用して街並みを見て回ることにした。一人で何かあったら大変だ、とトッレ監督が気を回してくれ、衣装係のリンダという女性が同行してくれることになった。彼女は英語がうまいので助かった。

「トッレに見初められたのは災難だったけれど、せっかくだから楽しんでいってね。とてもいい町よ。私も今回の撮影で初めて来たの。すぐに気に入っちゃったわ」

リンダとはすぐに打ち解けることができた。

「明日は年に一度のお祭りが行なわれるらしいから人がごった返して大変になるわね」

「すると、明日の撮影はそのお祭りと関わってくるんですね？」

「そうよ。若い頃に出会った二人が、十五年の時を経て最初に出会ったのと同じ場所で再会するシーンで終わる。トッレの好きな構成だわ」

ヴァージル・ホテルへ戻る道中、リンダはこちらが息をつく隙も与えないほどの早口で町の有名な建物などを一つ一つ丁寧に解説してくれた。

いよいよ大通りを直進すればホテルに到着する頃になって、リンダはこう尋ねた。

「今回の物語の大筋はもうご存じ？」

「いえ。自伝的映画として宣伝されるであろう、ということしか」

はたしてどんな内容になるのだろう。

「物語は主人公レリオが大人になったシーンから始まるの」

試写室でレリオが観ているのは長い長いギャング映画だ。

途中で観るのをやめると、彼は自分の新作の編集をはじめる。しかし、その出来に満足できず、結局フィルムを燃やして旅に出てしまう。

そこから、十九年前へと物語は遡る。

祭りの風景。そこでレリオ少年は運命の女性と出会う。名も知らずに別れた二人だったが、一年後に思いがけない形で再会する。彼女が従業員として自分の屋敷にやって来るのだ。しかし、屋敷内で父親は雇用者の立場を超えて彼女を求めるようになる。そんな二人の関係に嫉妬する少年。

そして、三年が経ったある晩、レリオは銃で父親を撃つ。弾丸は逸れたが、心臓発作で父親は死んでしまう。以来、レリオは繰り返し父への罪悪感に苦しめられることになる。

彼女は、スキャンダルから逃れるように、町を出る。

——レリオ、映画監督になって。そしてこの町に戻ってきて。

レリオは彼女の言葉どおり映画監督になり、十五年後、町に戻ってくる。そこでリモーネ祭の最中に劇的な再会を果たす——。

「再会は最後のシーンなの。物語の大半は少年時代のパートで、故郷に再びたどり着くためのレリオの魂の遍歴がテーマになっているわ。全部じゃないにせよ、自伝的要素が高いように思うわね」

「……そうですか……」

「ん？　どうしたの？」

「あ、いえ」

考えていたのは、父親を撃つくだりだ。フィクションとはいえ、自伝的要素のある映画で過去の犯罪を告白していることになる。

時折見せるトッレ監督自身は、トッレ監督の神経質で繊細な表情が気になった。

「トッレ監督自身は、レリオのように父親を撃ったりはしていませんよね?」

「当たり前よ！　たぶん、これは父の死に対する何らかの罪悪感の表れなのよ」

そんなものだろうか。

「映画のラストシーンはどうなるんですか？　お祭りの日に再会する流れなんですよね？」

「ええ。でもわかっているのはそこまで。どうせ明日にはいやでも明らかになるわ。もうほかのシーンは撮り終わっていて、ラストシーンを残すのみなんだから」

「私は主人公の恋した相手が大人になった役だと聞いていますが、台詞はなくて後ろ姿だけでいいんですよね？」

「そうね。恐らく一言も喋らせずに終わらせる気でしょう。でも、後ろ姿を一目見せるだけで終わり、とも思えないわ。きっと、何か企んでいるはずなんだけれど……」

何か――。何をやらされるのだろう？

わかっていないというのは思いのほか不安なものだ。

夜が迫ってきた。

町の空に闇が侵食してくる。ホテルのエントランスを潜りながら、リンダが言った。

「今日はとにかくゆっくり休んで、明日の撮影にしっかり備えてちょうだい。明日のドレスは私の力作よ。絶対気に入るわ」

「楽しみです」

一応、丈は短すぎないように、とお願いはした。赤いワンピースと決まっているようだから、そんなに変なことにもならないとは思うのだが……。

リンダと別れた後、ホテルで一人ディナーをとり、部屋に戻った。見知らぬ町の夜は長い。あまり出の強くないシャワーを浴びてジャージにトレーナーで室内をうろつくが、どうにも落ち着かなかった。

こんな非日常のなかで研究のための読書をする気にはなれないし、かと言って異国語の流れるラジオやテレビをつけても余計に落ち着かない気持ちになりそうだ。

浮かんでくるのは、今日のトッレ監督の言葉だ。

——配給会社は封切りの際に「監督の自伝的長篇映画！」と煽ることだろう。

——本当は違うんですか？

——そう言える部分もある。だが、絵コンテは十五年前にすでにできていたものなんだ。その頃はまだ映画の道に入ってすらいない。

その言葉が本当なら、今度の映画は実際には自伝的映画ではなく、十五歳の時点での未来映画ということになる。

もちろん、実際に映画監督になったからこそ今回の企画も実現に向けて動き出したのだろう。そう考えれば、「ワインと同じ」と言ったのも理解できるが。

しかし、十五年も待つ必要が本当にあったのだろうか？

こちらがそこに疑問を差しはさんだとき、トッレ監督はどこか逃げるような風があった。当時の未来予想であった映画が、十五年のときを経なければならなかったのには、そういう筋書きだからという以外に理由があるのではないか。一度そう考えはじめると、眠れなくなった。

時計は九時から、十時へ。

飲み物を買いに、五階のフロアラウンジにある自動販売機へ向かうことにした。人気《ひとけ》のないホテルの廊下を歩いてラウンジに着き、サンペレグリノを購入して、ソファで封を開けて一口飲んだ。活きのいい炭酸が喉で心地良く弾ける。

ガラス張りの向こう側にはリモーニアの街並みが絨毯のように広がっている。表通りを通る車は夕方よりずっと飛ばしており、時折激しいクラクションの音が響き渡る。

そんな中、ホテルのほうへやってくる人影が見えた。

どこかぼんやりとした歩き方の男性は、トッレ監督だった。撮影現場の下見にでも行っていたのだろうか。

窓から姿が見えなくなってからも、魂の抜けたような歩き方が脳裏に焼き付いて離れない。飛行機で喋っていたのと同じ人物とはとても思えなかった。本当にトッレ監督だったのだろうか？　そんなことを考えていると、五分ほどして、エレベータのドアが開いた。フロアラウンジにトッレ監督が現れた。頭を下げたが、トッレ監督は気づいていないようだった。

彼はぼんやりと壁を見つめて、こう呟いた。

「そんな馬鹿な……まさか彼女が……？」

立ち上がって声をかけた。

「監督、こんばんは。お散歩ですか？」

彼はその声にも反応せず、しばらくして、ようやく立っているこちらに気づいたようだった。

「ああ、君か」まだ夢から醒めていないようなぼんやりとした口調で言うと、とぼとぼと歩いてきて隣に腰かけた。

「眠れないのか？」

「ええ。少し気持ちが昂《たかぶ》ってしまって」

「僕もだよ。撮影がクランクアップする前夜はいつもそうだ。これで良かったのか、撮り忘れたシーンは本当にないのか。そんなことを考えて気持ちが昂ってくる。そうすると、もう周囲の何もかもが敵に見える。困ったもんだね」

　自嘲気味に笑い、こちらを見つめた。

　彼の手が、頬に伸びてきた。

　とっさに、よけていた。

「……すまない」トッレ監督は我に返って言うと、目を瞑り、頭を横に振った。「一瞬、君が彼女に見えてね」

「彼女？」

　こちらの疑問には答えず、トッレ監督は立ち上がった。

「すまなかった。今のことは忘れてくれ」

「待ってください」

「何だ？」

「今回の映画のこと、絵コンテから十五年の歳月が必要だった本当の理由は何ですか？　それはあなたの心の中にいる〈彼女〉と関係があるんじゃないですか？」

　確たる証拠があったわけではない。ただ、トッレ監督の「ワインと同じ」という例の言葉を思い出したのだ。熟成が必要なのは、その当時では冷静に判断できなかった事情があるからではないか。そして、人は自分自身の記憶にはなかなか冷静になれないものだ。

　はたして、読みは当たっていたようだ。

「これから言うことは、他言無用で頼むよ」

「もちろんです」

トッレ監督は、もう一度隣に腰かけた。ほんの少しだけ、さっきより距離をとって。こちらに配慮したのかも知れないし、自分自身のためだったのかも知れない。夜は、ときに人間の判断を狂わせてしまうから。

それから、トッレ監督は記憶を遡りはじめた。

異郷の地の長い夜は、目には見えないものを探すには、かえって適しているようだった。

## 3

話は、トッレ監督が十一歳の頃に遡る。

「その日、僕の町はみんな祭りで浮かれていた。ちょうど今頃だよ。僕は例年どおり出店を楽しもうと町を散策していた」

途中で鉢合わせした同級生の悪ガキは、華奢だったトッレ少年に悪戯をしようと追いかけてきた（そういうお祭りなんだ、とトッレ監督は語った）。

その日もそうだった。トッレ少年は全速力で近くの公園に逃げ込んだ。

「芝生に倒れ込んでいたら、きれいな女の子が僕にタオルを投げて寄越した。『これで顔を拭きなさい』ってね」

同じ十代だろうか。しかし自分よりはだいぶ年上だな、とトッレ少年は思った。そして――ひと目で恋に落ちてしまった。

「たわいないものさ、その年頃の少年が恋するきっかけなんてね」

「それで、どうしたんですか？」

「名前を聞いた」

すると、彼女はいたずらっぽく微笑んで「次に会うことがあったら教えてあげる」と言うと、そっと少年の頰にキスをし、群衆の中に紛れて消えた。

ひらひらとした、赤いワンピースが、鮮烈にトッレ少年の心に刻み込まれた。

それ以来、トッレ少年は午後の二時頃になると、きまって屋敷の外に出て大通りを行き交う人を眺めて過ごすようになった。いつか、もう一度彼女が通りかかる日を夢見て。

けれど、そんな奇跡は起こらぬまま一年が過ぎた。

「その年の祭りが終わった次の日のことさ。家に新しい従業員がやってくることになったんだ」

「まさか、その従業員が――」

「そう、彼女だった」

彼女は、トッレ少年の母に連れられてやってきた。直前に女性従業員が執事と籍を入れ、産休をとったこともあって、人を雇うことにしたのだ。

新しくやってきた彼女は、しかし、トッレ少年の視線にはまるで気がついていないようだった。無理もない。一年も前のことだ。きっと彼女は忘れてしまったに違いない、と彼は考えた。

彼女は十八歳、トッレ少年より六歳年上だった。その年頃の六歳差はずいぶん開きを感じるものだ。

「自分が彼女の倍の速度で大人になれたらいいのにってよく思った。彼女は一年前に公園で会った時よりも、複層的な美を誇っていた。春に咲くアネモネの艶やかさと、冬に咲くアラセイトウの清らかさがせめぎ合い、何よりもコンパスが描く円のように精緻な知性が備わっていた。そう、僕が君を選んだのは、君にも彼女に似た雰囲気があったからなんだ」

自分をそんな風に考えたことはない。何だか面映《おもは》ゆくなる。

「僕は何度も彼女に話しかけようと思った。でもうまくいかなかった。何て話しかければいいのかわからなかったんだ。あの日のことを覚えているかって尋ねて、彼女が覚えていないって言ったらどうすればいい？　そう考えると、足がすくんだ。迷っている時間なんか、本当は僕にはなかったのにね」

監督の目は、再び沈痛な色を帯びる。

トッレ少年にとってはつらい日々が始まった。彼の父親が、彼女に恋をしてしまったのだ。

「親父はいつでも従業員用寮棟の彼女の部屋を覗いていた。そして、それだけに飽き足らず、ついには彼女を自分の部屋に招き入れるようになった」

少年の心は嫉妬に蝕《むしば》まれていった。学校に行っている間も、彼女が自宅で父親と何をしているのか想像するだけで頭が変になりそうだった。帰宅後も廊下を通る音に耳を澄ました。自室の隣にある父の部屋へ彼女が行ったのを見ると、彼女が部屋から出てくるまでじっとドアに張りついて待ち続けた。

「もうあんな思いは二度としたくないよ。僕にとって恋は苦しいものでしかなかったからね。でも、仕方ないさ。恋の色は選べないんだ」

そうして三年の月日が流れ、彼女は二十一になり、トッレ少年は十五歳になった。相変わらず敷地のなかで目が合っても、彼はどうしてもすぐに目を逸らしてしまった。

「ところで、彼女が勤め出してすぐ、親父は庭に塔を建てはじめていた」

「塔を？」

「昔は、ガラバーニと言ったらみんな僕の父親のことを指していたんだよ。ロベルト・ガラバーニ。名前くらいは知っているだろう？」

黙って頷いた。美術史を多少習ったことがあれば、それくらいの知識は当然頭に入っている。

なかでも、〈遡行する塔〉は未完でありながら、彼の生前の作品を全部足しても足りないくらいの偉業だと褒め称えられ、二十世紀以降の建築物の中でも五本の指に入るとまで言われた。

ここまでが美術史で習った内容。講義ではその建築の特性などを詳細に習ったはずだが、もはやほとんど記憶の彼方だ。

「晩年の代表作と言われる未完の建築〈遡行する塔〉は、親父が五年ぶりに手がけた作品だった。親父は死ぬまでの三年間、それをたった一人で誰の手も借りずに毎日手作業で造り続けた。そのこだわりは半ば狂気じみていたよ」

一方で、家族とはろくに会話もせず、従業員の彼女ばかりを夜な夜な部屋に招き入れるようになっていった。

「昼間に使い果たしたエネルギーを、彼女によって取り戻すみたいに見えた。僕は親父が憎かった。憎くて仕方なかった。芸術のために、家庭を顧みず、よその女を愛する。それだけでも許しがたいのに、そのうえ彼女は僕の初恋の相手なんだからね」

だが、果てしない憎しみにも、終わりはやってくる。

スキャンダル報道が出たのだ。

「ネタを売ったのは僕じゃない。たぶん母だ」

「お母さんが……？」

「母はもともと自分も従業員だったから、余計に許せなかったのかも知れない。きっと彼女なりの復讐だったんだろう」

母親によって、従業員の娘は、夜に寮棟から出ることを禁じられた。すぐにクビにしなかったのは、自分の夫への当てつけのつもりだったのかも知れない。そんなときに事件が起こった。

「親父が、失明してしまったんだ。親父は建築作業がまったくできなくなった。そして、その一週間後に自室で首を吊って死んだ」

葬儀を行なう前に、彼女は不吉な娘だとして解雇され、翌日には出て行くように命じられた。

トッレ少年はその晩、悶々として過ごした。時折カーテンを開けて外を覗いては、彼女の部屋からまだ灯りが漏れていることを確認し、やはり別れの言葉を言わなければ、と考えた。けれど、一階は葬儀の前日ということもあり親戚でごった返している。誰にも気づかれずに庭園を抜けて寮棟の南棟にいる彼女に会いに行くのは容易ではなかった。

夜も更けてきた頃。突然、窓の外でコツと音がした。小石の当たるような小さな音だ。

「僕の部屋は三階だったから、変に思って窓を開けたんだ。そうしたら――彼女が空から降ってきた」

「空から――彼女が？」

彼女は、塔の中の螺旋階段を上ってやってきたのだった。

〈遡行する塔〉は、花が頭を垂れるような恰好をしており、先端がちょうどトッレ少年の部屋の辺りを向いていたのだ。

「未完の塔によじ登るというだけでも命がけの行為だよ。でも彼女はそれをやってのけた。そして、僕の胸に飛び込んだ」

トッレ少年は、熱に浮かされたようにして思いを告げた。

――君にずっといてほしい。僕のとなりに。

すると、彼女はふふっと大人びた笑みを浮かべた。

――その答えは、次に会ったときに教えるわ。

――次っていつ？

――三年と言ったら、待てる？

――もちろん。

――五年は？

――待てる。十年だってね。

――じゃあ、十五年後は？

——……。

「さすがに黙ったよ。十五年というのは十五歳の少年にとって、想像できる限界の年月だ。すると、彼女はこう言った。『じゃあ、十五年後ね』って」

彼女の身体からは、レモンの香りがしたそうだ。

胸を締めつけられるその匂いが、二人の約束になった。

「彼女はそのとき僕に言った。『あなたにはお父さん譲りの、愛する町に芸術で貢献できる才能があると思う』とね。だから『映画監督を目指してごらんなさい』って。どこまでもきっちりと彼女は僕の将来を設計してくれたってわけさ」

「だから、彼女との約束のために十五年も？」

「そう。この映画は、自伝に見せかけた、あの頃の青写真なんだ。馬鹿げているだろ？」

「……いいえ、馬鹿げてなんかいません。素敵な話だと思います」

いささかねじれた愛。

けれど、十五年の歳月さえ賭けのように持ち出してしまえる彼女の軽やかさに、姿を知らないにも拘わらず、惹きつけられた。

もちろん、一人の女性が十五年も男性を待ち続けたりするとは到底思えない。それは永遠に果たされぬ、絵に描いた約束なのかも知れない。

それでも——そのエピソードだけで、新作映画『プロメッサ』が特別なものになるのでは、と思えてきた。

# 4

「以来、僕は死にもの狂いで映画の勉強を続け、十九歳で俳優としてデビューし、翌年から監督としても活動した」

運が良かったんだ、と彼は言った。

当時端役《はやく》で出演していた映画の撮影が予定より早く終わると、フィルムが余ったからと言って、監督が彼にショート・フィルムを撮らせたのだ。結果、十五分程度の短篇映画が監督に高く評価されて、本篇とセットで上映され、大きな反響を呼ぶことになった。

「そこから毎年一作、コンスタントに作品を発表し続けた。三年前にやっと『プロメッサ』の企画が通り、スポンサーもついて、記者会見を開かせてもらえた。うまく十五年目に間に合ったってわけだ」

「よかったですね」

トッレ監督は自嘲気味に笑った。

「どうでもいいさ。現実の彼女は、きっとその後もいろんな男と恋をして、今頃僕のことなんか忘れてるだろうからね」

「そんな……」

きっと覚えていますよ、とはさすがに言えなかった。一年足らずで相手への気持ちに対する確信が揺らいでいる自分の内面を振り返ると、十五年は約束が簡単に機能しない歳月なのかも知れない。

「僕の頭のなかでは、いつしか彼女にまつわるあらゆる情報が抜け落ちて、名前をもたない〈彼女〉のイメージが構成された。いま、僕が撮ろうとしているのは、そんな誰でもない〈彼女〉なんだよ」

トッレ監督は、そう言ってこちらを見た。

あまりに芸術的な動機だ。

「この先、僕はもしかしたらもう映画を撮らないかも知れない」

「え……もう引退をお考えなのですか？　まだお若いのに」

「引退というほどではないけどね、もともとこの映画を撮るために映画監督をはじめたから、目標が見えないんだな。ますます映画の撮りにくい時代になってきたしね。飛行機の中で話したように、みんな映画の〈からだ〉しか見ていない。まあ映画に限った話でもないが」シニカルな表情になる。「知っていたかい？　親父の作品に、〈ガラバーニ建築〉って総称がついたのは、父の死後なんだ」

「え？　そうだったんですか？」

知らなかった。美術史でもガラバーニの建築物は〈ガラバーニ建築〉とひとまとめにして習っていたから、てっきりずっとそう呼ばれていたのだと思っていた。

「芸術家は誰しも死なないと認められないようなところがあるが、親父の場合、三十八歳で自殺したせいで余計に神格化された。若すぎる死と、未完に終わった建築の出来によって、言ってみれば後付けで〈ガラバーニ建築〉なる言葉が作られたのさ。そして研究者たちは、遺作となった〈遡行する塔〉にたどり着くための軌跡として過去の作品をすべて捉え直した。遡行していたのは親父の建てた塔じゃなくて研究者たちのほうだったんだよ」

トッレ監督はかぶりを振って続ける。

「誰もが〈からだ〉に目がくらんで〈こころ〉までは見ようとしない。それこそが現代の芸術鑑賞の実状さ。〈からだ〉のどこかに嘘があったと後で言われれば、みんな怒り狂うに違いない」

トッレ監督は立ち上がって、窓辺に立った。

ネオンが少しずつ消えて、闇が深くなっていく。

トッレ監督は窓の向こうに、〈彼女〉を探しているようだった。彼は切り捨てたくても切り捨てられない過去を引きずって生きている。その過去が、映画を撮らせているのだ。

「じつはね、父を死に追いやったのは、ある意味では僕なんだ」

「自分の父親を？　どういうことですか？」

映画の内容と同様に、本当に父親の死に関わっていたのだろうか。

思いがけない告白に戸惑っていると、トッレ監督は言葉をつないだ。

「僕が彼を死に追い込んだ。でも、彼が死んだことで、僕はよりいっそう追い込まれた。父を永遠に超えられなくなったからだ」

やはり今度の映画は、自伝なのだ。

絵コンテが描かれた時期はともかく、内容は紛れもなく自伝的なもの。それも——ただの恋愛だけではなくて、父親を死へ追いやった罪の告白まで描かれている。

「でも間違っていたのかも知れない。こんな風に考えたことはないか？　過去がすべてでたらめだったら、未来を変えることができるって」

「過去がすべてでたらめだったら……」

「でも過去はそこにあり、でたらめになんかならない。人間にできるのは、せいぜい過去の風景についている名前を失うことだけだ」

名前を失う……。

黒猫と歩いた季節から、自分や黒猫、そしてその背景のすべての名前が失われたら、どうなるのだろう？　そこに、何が残るのだろう？

目を閉じ、想像してみた。

見えるのは、池の前にあるベンチで、並んで景色を眺める二人。一人が右目で、もう一人が左目になったみたいに。

「それは、〈物質〉が〈イメージ〉になるということですか？」

まさにそうだ、と彼は答えた。

「さっき、散歩をしてみたんだ。町はある部分では変わっていなかったが、ある部分では決定的に違ってしまっていた。人の手が入らずに自然に再び駆逐されようとしている家々もある。それを見てこう考えた。町は変わり続けている。ならば、もうここは僕の生まれた町ではないってね」

「だ、だってこの町はトッレ監督の……」

「必ずしもそう考えなくてもいいんじゃないかってことさ。映画はその昔はサイレント映画といって、台詞がなく、俳優の表情や動き、音楽と舞台設定だけで進んでいた。一秒間に十六コマ。十六分の一の今がそこにはあった。町も同じさ。刻一刻と変わってる。ここは僕の生まれた町ではないし、君が演じるのも僕の初恋の彼女ではない。それでいいんだ。気づくのが遅かった」

「これまで撮影した分とは意図が変わってしまうということですか？」

「ああ。明日の撮影はだいぶ変わりそうだ。いくつか余計な要素を削ぎ落とさなくてはならない」

「でも、もうほとんど撮り終えてるんですよね？」

「問題ない。すべては〈遡行〉していけばいいんだよ。ポオの言葉ではなかったかな？最初のものの根源的な単一状態には破壊の萌芽も潜んでいる」

「ええ」

「ユリイカ」の一節だ。

「不可能を超える時が来たのさ」

「映像の不可能とは何ですか？」

トッレ監督はこちらを見据えて答えた。

「観客全員が自分の人生だと感じられる映画を作ることさ。それも、情動に訴えるような卑怯な手法を用いることなく、ね」

トッレ監督はそう言うと、口元に不思議な笑みを浮かべた。

ほんの数時間に、彼の内面には劇的な変化が訪れたようだった。それが良い方向に向かっているのか、悪い方向に向かっているのかは、自分の立場からでは何とも捉えようがなかったけれど。

「君の撮影時間は、昼の二時。太陽が高く上がり、シチリアのレモンが美しく煌めく時間に、二人は再会する」

「……わかりました」

それから彼は、明日のラストシーンの撮影について口頭でポイントを伝えると、もう一度こちらを見つめた。

不思議な眼差しだった。

見つめているのに、自分が見られているのではなくて、そこに別の誰かを重ねられているのでもない。彼は今、自分ではなくて〈彼女〉を見つめているのだ。

それから、肩をポンと叩き、「頼んだよ」とだけ言って自室へと引き上げていった。

エレベータ・ホールの向こうにある内廊下に彼の姿が消えたとき、ふとさっきの言葉が浮かんできた。

――そんな馬鹿な……まさか彼女が……？

あのとき口にした〈彼女〉とは、いったい誰のことだろう？　十五年前に約束をかわした、あの〈彼女〉なのか。

そして、その〈彼女〉がどうしたのだろう？

〈まさか彼女が〉の後にはどんな言葉が続くはずだったのだろう？

部屋に戻ってからも、答えの出ない謎が頭の中を回り続けていた。はっきりと存在したはずの〈彼女〉と、映画という虚構の中で名前を失った何者でもない〈彼女〉。

二つの〈彼女〉の影が頭の中で重なり、いつしかシチリアの長い夜に溶けていった。

# 5

翌日、撮影の準備は十一時頃から始まった。

ホテルの前にやってきたボックスカーに乗り込むと、早速ロケ現場に向かった。停車したのは、ブッツィアーナ公園西側のフェンスの脇だ。

運転手をしていた男性スタッフが出て行ったのを確認してから、すぐにリンダによるメイクが始まった。髪を梳《と》かし、衣装を着る。撮影用のボックスカーにいるのは、今のところ我々二人だけ。リンダは手慣れた様子で素早く衣装と靴を合わせていく。

「あなたって衣装によってまるで印象が変わるのね。さすが、監督がわざわざロンドンで見つけてきただけのことはあるわ」

「あはは、馬子にも衣装です」

自分で言うのも何だか妙なものだと思ったが、リンダは気にする様子がなかった。

「それにしても、何だか大変なことになっちゃったわよ」

「何がですか？」

「午前中の撮影の予定が全部キャンセル」

「全部……？」

「レリオが昔の知人たちと感動の再会を果たすシーンがあるんだけど、それ全部カットですって」

「……全部、カットですか……」

「まあ、もともとこのシーンは配給会社が、町に帰ってきたことを強調するために取り入れろとゴリ押ししてきたところで、トッレは乗り気じゃなかったのよ。彼はセルジオ・レオーネのフリークだから、幻想的な終わり方にしたかったの」

「セルジオ・レオーネ？」

「主にイタリア製の西部劇を撮ったことで有名な映画監督よ。彼の遺作『ワンス・アポン・ア・タイム・イン・アメリカ』みたいな映画をいつか撮りたいってよくトッレは話しているわね」

名前だけは聞いたことがあるが、観たことはない。素直にそう話すと、リンダはその映画について説明してくれた。

「一人の少年がギャングになり、やがて殺されるまでを描いているんだけれど、最後のシーンでは風景から名前が失われていく。それが現実のものなのか記憶のものなのかが曖昧になってくるの」

トッレ監督が模範とし、指標とするものの輪郭が、おぼろげながら理解できたような気がした。それは、恐らく昨夜の話にも関わってくるに違いない。余計な要素を削ぎ落とす。

物質からイメージへ。そして、イメージから虚構へ。

その発想は、日本での黒猫の最終講義にも通じているように思われた。さまざまな物質のなかに潜む〈目に見えた透明性〉を見つめる、我々の頭の中にいる〈裸形の踊り子〉。

「午後はすぐに撮影だから、このまま待っていてね」

メイクを終えて鏡を見ると、ドキリとした。まるで女優にでもなったみたいだ。ああそうか、何かを演じる点では女優でもあるのか。

おかしなものだ。今は研究研究と言っているが、ひょんなことからこんな風に別の道に迷い込むこともあるのだ。研究の世界は生き残りが厳しい。いずれ自分が大学を去り、別の生き方を探す日もくるのかも知れない。まだリアルには感じられないが、いずれは考えなくてはならない問題にもなるのだろう。

何とか、そんな日がこないように研究で成果を出したいところだ。

「リハーサルはあるんですか？」

「彼はリハーサルをしないのよ。一発撮り。演者に特に期待をしていないの。彼が欲しいのは構図だから」

昨日の話でおよそはわかっていたことだが、実際にぶっつけ本番と聞くと、うまくやれるか不安がよぎった。大した役ではない。台詞があるわけではなし。しかし――。

マジックミラーになっている車の窓から、外を覗いた。

公園西側の位置からはブッツィアーナ大通りのごった返す人の群れが確認できる。すぐ外では、予想以上の人の多さに、スタッフたちが今日の撮影をどう進めるかで悩んでいるようだった。

「だからあらかじめ現場整理をしてもらうように言ってたのに！」

怒りを露わにするチーフプロデューサーの男性の声が聞こえてくる。すると、助監督の女性が頷き返す。どちらかがイタリア語を喋れないからか、二人ともかたことの英語で会話をしている。

「いいのよ。撮れたものが完成品なんだもの」

「そんな子供の絵みたいなこと言っててどうする？」

リンダが耳元で言う。

「あのチーフは、先日よそのプロダクションから引き抜かれたばかりで、まだうちのやり方に順応していないの。普通の映画監督は、アシスタントにもっと綿密に現場整理をさせて、絵として美しくなるように配慮するし、場合によってはエキストラを用いたりもするわ。でも、トッレ監督はあまりそういうことをしないの」

「ありのままを撮りたいんですね」

「というより、無理な力学を働かせたくないみたいね」

リンダはそう言って微笑んだ。

彼女の柔らかな表情を、窓から差し込む光が照らす。光の向こうに広がるのは、制御しきれないほど溢れかえる人、人、人。

「群集の人」というポオの短篇があったことを思い出す。パリの雑踏に佇む老人を探し出すまでを描いた物語。

けれど、この祭りの無秩序極まりないごった返しから感じるのは、パリの群衆のそれではなかった。

渦――。

これは渦だ。

呑まれたら最後、大事な人を見失うこともある。

意識は、景色とその人物の不在を結びつける。

黒猫――。

これからの人生にも、数えきれないほどの出会いが待っているだろう。そのどれとも違って彼だけが特別だなどと、どうして断言できるのだろうか。

自分にとってかけがえのないものとは、一体どうやって決まるのだろう？

仮にいま、一本明確に見えているように感じられる糸を見失い、別の糸が提示されたとしたら、それを拒絶する根拠はあるだろうか？

わかっている。

そんなものはないのだ。

我々は誰もが渦のなかにいて、流されながら生きている。

正解などない世界で、あたかも自分が手にしたものを正解であるかのように考えながら生きているだけなのだ。反対に、自分の道をすべて間違いだったと責めながら生きている人もいるかも知れない。でも、間違いも正解もはじめからわかっているわけではない。この渦のなかで、選び取れるものだけを選び取って生きていくのが人間なのだから。

だからこそ——葉が光に照応するように、ありのままの今を見つめ、受け止めてゆく。

この渦のなかにいるからこそ。

「出番よ」リンダが肩を叩く。

立ち上がる。

目を瞑り、雑念を追い払う。車のドアを開け、人混みに足を踏み出した。

レモンの香りが強まってくる。

ラストの展開については、前の晩に聞いていた。トッレ監督が用意していた結末は、思いもしないものだった。

本当にあれをやるのだろうか?

考えると、わずかに手が震えてくる。だが、ここまで来て自分にできることは一つ。芸術の一部として、心を空にして、求められることを為すだけ。

それはテクストに対して心を無にして臨むのと少し似ていた。

そこで——「あっ」と思わず声を上げてしまった。

赤いシルクのワンピースドレスは、こちらの注文どおりたしかに丈の長さはじゅうぶんだった。が、腿の辺りまでスリットが入っていた。

慣れない経験に緊張していたため、着せられている間は気づかず、車を降りてようやく気づいたのだ。

やられた……。

トッレ監督を恨むべきか、リンダを恨むべきか。

「カメラの載った二機のバルーンがそれぞれブッツィアーナ大通りの東西の、少し離れた場所を飛んでいるわ。でも決してカメラを探さないで」と助監督の女性が説明した。

撮影にバルーンが使用されるとは。だが、たしかにこの混雑では、地上に足場を組むのは難しいかも知れない。

「あなたはただ人混みの中を、塔の見える塀に沿って東から西に歩いて行ってください。そこでトッレがあなたを呼び止めます。あとは人混みに紛れてくれればいいです。その先までカメラは追いませんから」

今さらワンピースのデザインが不服ですと言って断るわけにもいかない。後ろ姿だけ。顔が出るわけではないのだ。自分にそう言い聞かせ、雑踏の中へ入っていく。

塔の見える塀を右手に望みながら、少しずつ移動していく。けれど、人の波に押し戻されて、少しも前に進めない。

もう撮影は開始しているはず。後ろからカメラは自分を撮っているのだろう。振り返るわけにはいかない。なるべくたどたどしい歩き方にならないように気をつけながら、人混みの中をどう進めば前に向かうことができるのかを考える。

身体はわかっている。

群衆の流れに逆らうことなく、その渦をかわす術を。

「メエルシュトレエム」と同じ。

監督はどこだろう？

すでに撮影のためにこの雑踏のどこかに紛れているはず。大丈夫だろうか、うまいタイミングで、指示どおりに動けるだろうか。

轟音が辺りを支配したのはその時だった。

耳が音に圧迫されたためか、すべての音が膜を一枚隔てて遠くに聞こえるように感じられた。

音源を辿って右側の塀の向こうへと目をやった。

何かが、さっきまでと違う。

何が……。

そう考えて、あまりに大きなものが消えていることに気づいた。

塔が、まるごと消えてしまっていたのだ。呆気にとられた次の瞬間、目の前にトッレ監督の姿があった。

頭を切り替える。事前に指示があったとおりの演技を済ませ、彼のもとから離れた。考えるのはよそう。これは映画。自分は指示に従っただけ。

しかし――離れた直後のこと。

思いがけないことが起こった。

腕を摑まれたのだ。

その手の感触、力の加減、すべてが懐かしかった。

忘れるはずのないもの。

振り返る。

奇跡は、そこにあった。

「なぜ君がここにいる？」

微かに髪の伸びた黒猫が、そこに立っていた。

# 第三章

## 1

クランクアップ後の時間は転がるように過ぎていった。衣装を脱いで元の服に着替え、あっという間に四時半。スタッフからねぎらいの言葉などをもらって、いよいよ解放されることになった。

「お疲れ様でした。あとは自由行動にしていただいて結構です」

助監督はそう言って航空チケットを手渡した。明日の午前中の便だった。

「すみません。本当は今日のぶんを取ろうとしたんですが、あいにく満席で取れなくて」

「私は構いません」

大学は休みの時期。むしろ、撮影当日にバタバタと帰るよりありがたかった。

「もちろん宿泊費はこちらで負担します」

「ありがとうございます。トッレ監督はどうされるんですか？」

「わかりませんね。でも、たぶん我々と同じ便で帰ることになるでしょう。機嫌もいいですから」

「機嫌が悪いと、駄目なんですか？」

「撮影終了後は大抵機嫌が悪いんです。編集作業のことを考えているからでしょう。そういうとき、彼は一人で行動したがりますが、今日は大丈夫みたいです。美女と名シーンを撮れたのが嬉しかったのかも知れませんね」

　助監督はそう言って微笑む。こちらも愛想笑いを浮かべ、礼を言って別れるとホテルへ戻った。

　撮影のカットがかかった直後、助監督の許しを得て、黒猫が宿泊しているという樋沼《ひぬま》邸——のちに黒猫に確認したところ、彼は日本人で、漢字ではこう書くらしいとわかった——に向かった。

　そこでは、塔の崩壊に際して、悲劇が起こっていた。

　樋沼邸の主、樋沼邦男《くにお》が亡くなっていたのだ。彼が、先月買い換えた多機能携帯電話〈リモーフォン〉を開発したレモン社の社長であることを知ったときは驚いた。どうりで報道陣の数が尋常でないわけだ。

　樋沼邸の敷地内は悲劇と人々の好奇心とがせめぎ合って不協和音を立てていた。黒猫が警察から取調べを受けている間に、遠くからこちらを眺めていた女性が、意を決したように自己紹介をしてきた。「はじめまして、マチルドといいます」以前ラテスト教授の許可を得て、彼女のアバターを使ったことがある。こんなところで知り合うことになろうとは。

互いにひととおりの挨拶をした後、アバターより実物の彼女のほうがかわいいな、と思って黙っていると、沈黙を気まずく思ったのか、マチルドは樋沼邸での昨日からの出来事などを話してくれた。

最初、従業員の一人ひとりの怪しさについても熱弁されたが、彼女たちを直接見ていないだけに相槌が打ちにくかった。が、今朝からの屋敷の人の動きについては興味深い話を聞くことができた。それによれば、樋沼氏はなるべく人目を少なくしようと努めていたそうで、黒猫とマチルド、樋沼夫人の三名でリモーネ祭に出かける前に突然、家の中にいた従業員に屋敷を去るように命じたらしい。

従業員を解雇したのも突然。エレナ夫人に客二人と外に行って来いと言ったのも突然。そうして、ほぼ誰もいない邸の中で、その事故は起きた。

まるで——事故を起こすために人払いをしたようではないか。

何のために?

だが、現場はそんな疑念を口にできる雰囲気ではなかった。

ショックのあまり言葉を失った夫人や、遅れて到着した研究者のリッツィアーノという人物の混乱ぶりの前では、ただ黙ってそれを見守っているしかなかった。

リツィアーノ氏はやってくるなり瓦礫の山の前に膝をつき茫然としていた。

——損失だ……文化的損失！

彼はイタリア語で大体そのようなことを言っていたらしい。

がっくりとしながらも、どうにか立ち上がると黒猫のもとにやってきて、かたことの英語でこう言ったのだ。

——やはり、私の推測は正しかったのだよ。ヒヌマこそがガラバーニの遺志を継ぐ者だったのさ。問題は、彼のような建築の門外漢が、いかにして現代建築の最先端を学び得たのか、だが……。

黒猫はすぐさまこう返した。

——ただ一つ確かなのは、今日この日に塔が崩壊することは、あらかじめ決まっていたであろうってことですよ。

あらかじめ決まっていた？

樋沼氏が建物を崩壊させてしまったことを指しているのか、それとも建築物の構造上の限界があらかじめ決まっていたと言っているのか、どちらだろう？

その後は沈黙が続いた。時折放たれる言葉たちは、いずれも散らばった瓦礫のように、意味を失って途切れがちになった。

ホテルの部屋に戻ると、ベッドの脇のナイトテーブルに置かれたペンとメモ帳を使って謎をまとめてみることにした。
●塔が崩壊したのは、着工ミスか、力学的限界か。
●塔をこれまで〈成長〉させていたのは樋沼氏なのか。
●樋沼氏だとしたら、彼はいかにしてガラバーニの建築手法を引き継いだのか。
●なぜ樋沼氏は事前に従業員を解雇し、人払いまでしたのか。
ホテルのペンはさらさらと滑らかな書き心地だけれど、思考のほうはそれに伴うほど滑らかにはならない。

一つの事件について考えているはずなのに、余計なことが脳裏をよぎる。

黒猫はなぜマチルドと二人でイタリアに来ていたのか、とか、二人はそもそもどんな関係なのか、とか……。

愚かしいな、と思う。

世に嫉妬ほど醜い感情もないのに。でも気になるものは気になる。それから——事件の外側にあることで、自分だけが知っていることもある。

ガラバーニの息子、トッレ監督の言動だ。

——そんな馬鹿な……まさか彼女が……？

昨日の夜、彼はそう言っていた。

彼は夜に一人で散歩に出かけ、〈彼女〉にまつわる何かを目撃したのに違いない。

●トッレ監督の言う〈彼女〉とは？
●撮影を終えたトッレ監督が上機嫌だった理由とは？
これらの謎の答えは、今回撮影された映画のあらすじ及びトッレ監督自身の少年時代の記憶の中にある気がしてならなかった。

黒猫はエレナ夫人やリッツィアーノ氏と二、三言話した後、少し離れたところで携帯電話で何事か話をしてから、こちらへやってきた。

——今夜の樋沼邸は、警察やらマスコミやらが出入りしているし、葬儀の準備もあっていろいろとごたごたしている。僕も君のいるヴァージル・ホテルに宿をとる。ここでまとめておきたいレポートもあるからね。最上階のレストランが有名らしいから、よかったらそこで夕食を食べないか？

久々の再会にも拘わらず、淡々とした物言いだ。

——でも……。

ちらりとマチルドを見やる。

——彼女も連れてくよ。マチルド、食事をしても飛行機の時間には間に合うだろ？

——わ、私一人で帰るんですか？

マチルドが不服そうに尋ねた。もともとは黒猫も一緒に帰る予定になっていたのだろう。

——学生にとって重要なのは、グループ発表会で仲間に迷惑をかけないことだが、僕にとって重要なのは君のおじいさんの依頼をまっとうすることだ。目的が違うんだから仕方ないだろう？

マチルドは渋々といった様子で頷いた。

黒猫はこちらへ向き直って日本語で言った。

――それからリツィアーノ氏も呼んでおく。六時にラウンジで待ち合わせよう。

マチルドはこちらに視線を向けると、曖昧な笑みを浮かべた。自分の感情を別にして初対面の相手を気遣えるところに、それまで抱いていた彼女への警戒が一瞬だけ緩んだ。

予想以上にかわいかったな。彼女のことを思い出した。それがどうしたと叱咤する自分と、後ろ向きな自分がせめぎ合い、溜息が生まれた。

ノック音がした。

時計はいつの間にか五時半を回っている。

ドアを開けると、そこに黒猫の姿があった。

「少し早めに迎えにきた」

「……マチルドさんは？」

「まだ支度してるんじゃないかな」

待ち合わせまであと三十分はある。

「少しこの階のラウンジで話さないか？」

できる返事は一つしかなかった。

こっくりと頷くと、部屋の鍵をもって外に出た。

## 2

「忙しいから連絡がないんだと思ってたんですけど、イタリアでヴァカンスでしたか」

何となく恨み節になっていることに気づく。まずい。面倒くさい女になっている。調査に来ていたという話は、すでにマチルドから聞いているのに。

黒猫は——笑った。

「な、何がおかしいの？」

「いや、失敬。僕がヴァカンスにあのじゃじゃ馬をわざわざ同行させているところを想像したらおかしくてね」

それから、黒猫は笑いを引っ込めて真顔になった。

「僕はそんな心の休まらないヴァカンスはごめんだな」

それはそれで失礼な、と思わないでもない。

「君はなぜここにいる？」

　仕方なく、これまでの思いがけない流れについて語る。学会に招かれたこと、その発表の後のパーティーでトッレ監督と知り合ったこと。黒猫は聞き終えると、なるほど、と言った。

「唐草教授からメールでロンドンの学会のことは聞いていた。日程が合えばそっちに顔を出そうかなと思っていたんだ」

「ふうん。かわいいお嬢さんを同伴して来てくれるつもりだったわけね」

「彼女は通訳のためについてきただけだよ」

「そうですか」

「何だよ、その納得してなさそうな『そうですか』は」

「納得してますよ」

「納得してる人間は久々に会った友人にデスマスで喋ったりしないね」ごもっとも。「でも、驚いたな。偶然君に会ったことよりも、さっきの服装に」

「え……や、やだ……」

　頬が熱くなる。事前に衣装を詳しくリサーチしなかった自分の迂闊さを悔やんでも、もはやあとの祭りだ。

「あいにく視力はいいほうなんだ。僕の知っている君とはずいぶん違う趣味の服を身につけていたから、この半年ほどの間に君に何が起こったんだろうと思っていたら、撮影だったわけか」

「……そうだよ。あんなにスリットが入ってるって知らなかったもん」

「だろうね」

しっかり見られている。顔を手で覆いたくなる。

「さて、君を恥ずかしがらせたところで、事件のおさらいでもしようか。もしかしたら、君が持っているカードと僕の持っているカードを合わせれば新たにわかることがあるかも知れない」

「私の、カード？」

「君はガラバーニの息子、トッレ・ガラバーニの依頼で撮影のためにここへ来た。しかも君の役柄は主人公の初恋の相手が大人になった役。そうだったね？」

「ええ」

「偶然だと思うかい？　長らく故郷を離れていたトッレ監督が故郷でメガホンをとったその最終日と、彼の父親の作品である〈遡行する塔〉の崩壊の日が重なるなんて」

「たしかに」

「じゃあ、君のカードを見せてくれないか」

うん、と頷く。

そして、話しはじめた。移動中に聞いたトッレ監督の映画観、ホテルのラウンジで聞いた父親ロベルトに対する感情、映画の絵コンテについて、それが監督を志した段階からすでに存在していたこと――。

「はじめからあった絵コンテ、か。十五年前から、現在に向けてのレールはあらかじめ敷かれていたわけだ」

「ええ。トッレ監督がこんなことを言っていたの」

――今度の映画だって、人によっては〈からだ〉しか見ないと思うね。

「なるほどね。その点は、僕も彼に賛同するよ。人間はいつでも即物的で、表面を見ればそれが内容だと考えるらしい」

「どういう意味?」

「たとえばこのラウンジ。床は大理石で、窓辺の手すりは御影石《みかげいし》。このソファはヤコブセンのスワンソファを発展させたようなデザインで、使われているのは本革で手縫いだ。だが、もちろんそんなことを知らなくたって、ここにこうして腰かけてリラックスすることは誰にでも許されている。知らない人にはそんなファクターなんてないようなものさ。つまり――物質的情報は決して内容ではない」

一度知ってしまうと、なるほどこれが何々製で、などと考えてしまうのが人間というものだろう。

「もっとも難しいのは芸術を研究する我々の立場だ。感性の学問であるところの美学を、そのまま直観的にだけ解体していったのでは、どこまでも曖昧模糊とした話で終わってしまう。しかし――作品の創作背景、歴史的背景、そういった情報の一つ一つを丹念に追っていくことは、あらゆる関心を抜きにして純粋に作品と向き合う姿勢を歪めていく可能性もある。無視したほうがいい〈からだ〉と無視しないほうがいい〈からだ〉が混在しているんだ」

「無視しないほうがいい〈からだ〉……」

「たとえば、今回の映画のシナリオで言うと、これが自伝かどうかは定かではない。けれど、この土地が舞台であることや、〈塔の崩壊〉と〈再会の時〉の一致は無視すべきではないだろう。そして、仮にトッレ監督の口にした〈彼女〉がこの町にいるとしたら――もう少し面白いことになりそうだ」

「どんな風に？」

「今はまだわからない。今夜のディスカッションは、ある意味では有意義かも知れないよ」

黒猫は微笑むと、「そろそろ行こうか」と言って、こちらの手をとって立たせ、さっさと一人で歩きだしてしまった。

慌ててその後を追いかける。

いつかのように。

いつものように。

# 3

「あなたは黒猫のガールフレンドですか？」

アペリティフが到着して間もなく、マチルドは歓談の隙をつく絶妙のタイミングで直球の質問を投げつけてきた。

慌てふためきながら「違います」と答える。

さいわい、黒猫は現状を伝えるべくラテスト教授に電話をかけに行ってしまって、その場にいなかった。リツィアーノ氏も、まだ到着していない。だからこそマチルドは質問をするなら今だと踏んだのに違いない。

「そうですか。じゃあ誰なんでしょうね」

「……何がですか？」

「私、この一年間黒猫をずっと見てきたんです」

見てきた——そこに込められた彼女の想いが垣間見えたのは、気のせいではあるまい。

「それで、悲しいことに一つの確信を抱いたんですよね」

「どんな確信？」

「黒猫は日本に誰かを置いてきている」

心拍数が速くなる。

「顔、赤いですよ」

「え……あ、いや、このレストラン、暑いですよね、アハハ」

「そんなに暑くないですよ」

たしかにそんなに暑くはなかった。彼女に対して何か隠し事をしたつもりはないし、嘘も言っていない。大学講義で初めて出会ったときの視線の行方、万華鏡、ガラスの像、そして、シードルのボトルに入った薔薇。小さな点を線で結べば、黒猫のベクトルははっきりしていると考えたくもなる。

けれど――一方でずっと、そこに黒猫の想いがあると断言できずにいる自分がいた。

一歩を踏み出す勇気はもった、つもり。

だけど、それは黒猫の心の内を確信したのとはまた別なのだ。

「黒猫に聞いてもきっと答えてくれませんしね」とマチルド。

「……そうね。きっと、彼は答えない」

いや、どうだろう。答えないのではなく、答えられるのが怖くて、聞きたくないというのが本音かも知れない。

自分が思っていることがすべて勘違いだったら——そう考えると怖くなる。

「心当たり、ないですか？　黒猫が想ってそうな人」

「んん、ちょっとわかんないな、ほら、相当なひねくれ者だから」

マチルドはその言葉にクスリと笑った。

黒猫がひねくれているとの見解に国境はないようだ。

「そうですか。残念。でも、最初にあなたを見たとき、思ったんですよ。この人が黒猫の恋人だったらいいのにって」

「え……」

「あ、もちろん私を好きになってくれたらそれが一番なんですけど」

マチルドのどこか満ち足りたような笑顔を眺めていると、応援してるね、なんて同性が気軽に言うであろう一言が出ない自分がいた。彼女に好感を持てば持つほど、誠実でありたいと思い、心にもない台詞に歯止めがかかる。

だが、また同時にこの時ほどはっきりと自分の気持ちを自覚した瞬間もなかった。

「お待たせ」

黒猫が戻ってきた。彼の背後からリツィアーノ氏もやってくる。

「ちょうど入口で遭遇したんだ。リツィアーノさん、彼女の隣へ」

リツィアーノ氏はにっこりとこちらに微笑み、隣の席に腰かけた。黒猫はマチルドの隣に腰かける。

「さて――」リッツィアーノ氏が切り出すと、マチルドが同時通訳の態勢に入った。「美人お二人がせっかくいるのに、こんな話題で恐縮だが、私の目下の関心事なのでお許し願いたい。じつは、先ほど警察から現段階での見解を聞くことができたよ。外傷の具合から、今のところ事故死の線で彼らは捜査を進めているようだよ」

リッツィアーノ氏はそう言って一同を見回した。

「事故死……」とマチルドが呟いた。

「ヒヌマが建築用工具を持って塔の先端に上り、作業をしようとしたはずみに塔が崩壊して亡くなったのではないか、と言っていた」

「第三者が一緒にいた形跡はないんですか？」マチルドが尋ねる。

「そういった形跡はないらしい。だから事故死と結論付けようとしているのさ。何しろ、屋敷に残っていたのはヒヌマとアガタだけだったらしいからな」

アガタとは料理人の女性の名だと黒猫が教えてくれた。

すかさずリッツィアーノ氏に尋ねてみる。

「塔の崩壊時、アガタさんはどこに？」

すると、リッツィアーノ氏はわずかに面白くなさそうな顔をしながら、「厨房で一人、テレビを見ていたらしいね」と答えた。そのことでこちらが口を開きかけると、舵は自分がとると言わんばかりの勢いで黒猫に向かって、こう宣言した。

「いいかい。命題は二つだ。すなわち――ヒヌマという男がいかにしてガラバーニの遺志を継ぎ、〈遡行する塔〉を完成させるに至ったのか。そして、もう一つ、今日の崩壊はなぜ起きたのか」

リッツィアーノ氏のターゲットははじめから黒猫一人のようだ。しかし、黒猫は回答をはぐらかすようにしてアペリティフを一口飲んだ。「いいワインですね。マデイラ・ワインですか。辛口で濃厚な味わいが食欲をそそりますね」

「黒猫君、君はどう思うのかね、この問題。塔についての見解を今日教えてくれるって話だっただろう?」

リッツィアーノ氏が痺れを切らしたように催促するのに対し、黒猫は静かに頷く。

「後ほど詳細なレポートをお渡ししましょう。それより、今はせっかくですからこの食事を楽しみたい」

「く、黒猫君……」じれったそうにリッツィアーノ氏が黒猫を見やる。すると、黒猫の視線が不意にこちらに向けられた。

「そこの好奇心の弾丸クン」

「わ……私のこと?」

「ほかに誰がいる」失礼な。「どうせ君の頭の中はさっきの事件のことでいっぱいなはずだ。君ならどうやって真相を引き出す？　久々に君が成長したところを見せてくれないか」

　何を突然無茶振りをするのだ、この男は。

「あのね、黒猫……」

「お聞きしたいです。私も好奇心の弾丸みたいなものだから」とマチルドが身を乗り出す。

黒猫の顔を見るかぎり、完全な暇つぶしに使われている気配は濃厚だけれど、こうなっては観念するしかない。

「わかった。でも、私はリツィアーノさんのような観点から論じることはできないかも」

「どういう意味かな？」と黒猫が尋ねる。

「今の段階で樋沼氏が塔を〈成長〉させていたと断定するのは難しいと思うの」

　マチルドの通訳を受けて、ほほう、とリツィアーノ氏も身を乗り出す。

「ヒヌマ以外に〈成長〉させていた人物がいると？　面白い、ぜひ聞きたいね」

「その前にいくつか質問をさせてください」

　それなりにシミュレーションをしてはいたし、気になっていることもあらかた決まっている。

「まず、従業員の方々について。樋沼邸に勤める以前は何をしていたのかご存知ですか？　たとえばマリーアさんは？」

「彼女か」リッツィアーノ氏がニヤニヤと笑う。「ヒヌマ邸に来る前は、彼女は隣町の屋敷に勤務していたと思うね。それから――マルタはこのホテルで」

「ここで?」

「ホテルマンの見習いをしていた」

「ずいぶん近所ですね。通いやすさはどちらも似たようなものではありませんか?」

「まあね」とリッツィアーノ氏。

「それなのに、樋沼邸を選んだ理由は何ですか?」

彼はお手上げのポーズをしてみせる。なぜだか彼はこちらの質問をひどく楽しんでいるように見えた。

「マリーアに誘われたらしいよ。募集してるから一緒にやらないかってね」

「アガタさんはどうですか?」

「彼女はずっとあの屋敷に勤めているよ」とリッツィアーノ氏。「ヒヌマ夫妻が引っ越してくる以前、ロベルト・ガラバーニの長男、アルベルトが別荘として使用していた頃からだ。彼女はそこに稀に訪れる主人とゲストをもてなすための料理人だった」

「それでは、なぜマルタとマリーア、それからペネロペの三名は突然解雇されたのですか?」

「あ、それは私も気になっているんです」とマチルド。「なぜアガタだけは解雇されなかったのか、納得のいく説明がつかないんですよねえ」

するとは、黒猫が笑いを洩らした。それにつられるようにして、リツィアーノ氏も笑い出した。

「な、何がおかしいの？」

「いや、君たちは問題をはき違えてるよ」黒猫は笑いながら答えた。

「え？」

「アガタが解雇されないのはあの屋敷に必要だからだし、三人が解雇されたのは、あの屋敷とは何も関係がないよ」

「……どうしてそんなことが断言できるの？」

「どうして？　そうだな。まあそれを説明するのは後にするとして、ほかに気になることは？」

するとは、マチルドが突然もう黙っていられないといった感じで口を開いた。

「もう私言っちゃっていいですか」

「君の番じゃないぞ、マチルド」黒猫がたしなめる。

「でも……」マチルドは口をとがらせる。

「いいじゃない、黒猫」思わず助け舟を出してしまった。「私も聞いてみたい」

マチルドは勝ち誇ったような顔になる。こういうときは女同士で仲間意識が芽生えるから妙なものだと自分でも思う。全然そんなつもりもないのに。

対する黒猫はお手上げのポーズをとり、どうぞ、とマチルドに促した。

「やっぱりマルタはヒヌマ氏の愛人だったと思うんです。私、聞いちゃったんですよ」

彼女は、マルタが樋沼氏にこう言うのを耳にしたのだという。

——長らくご夫婦の生活を阻害してしまってゴメンなさい。

「それに、その会話以外にも、とても従業員と雇用者の関係とは思えないような親しげな仕草も見せていましたし」

黒猫は目を瞑り、発言放棄を決め込んだようだった。それはリッツィアーノ氏も同様だった。男は下世話な方面に話が向かうのを嫌うところがある。そのなかに真相を探るために重要なものがあるのならば、目を逸らすわけにはいかないはずなのに。

そう思っていると、黒猫が鳥に餌でも投げるように一言を放った。

「じゃあ、マリーアはどうだった？」

「え……マリーア？」

どういうことだろう？

「マリーアも樋沼氏と、従業員と雇用者の関係らしからぬ視線をかわしていたように僕には見えたよ」

「そんな……本当ですか」マチルドは立ち上がらんばかりに驚いている。

ああ、と黒猫は頷く。

「あの、マルタとマリーアのことだけど、恐らく二人は姉妹よね？」負けじとこちらの推論も付け加えた。「名前よ。マルタとマリーア。これって聖書に登場する姉妹の名前だもの」

再びマチルドが驚きの声を上げる。

二人が姉妹であろうことにはすぐに気づいていた。実際に会ったわけではないが、同じ空間にこの二つの名があり、二人とも同じ職務に就いているという偶然は考えられない。

「そのとおり、二人は姉妹のようだったね」とリツィアーノ氏が言った。彼もようやく女二人の推論合戦を楽しみだしたようだ。

「私も、彼女が〈お姉さま〉と呼んでいたのを覚えています」とマチルドも応じる。「あのときは仕事のうえでの上下関係を意味しているのかと思っていたけれど」

「さて」と黒猫は仕切り直す。「その場にいなかった君が、聞いた情報を頼りに二人が姉妹だという推論を導きだしたことは賞賛に値するが、では、ここからどう推理を展開させる？」

久々に黒猫の厳しい眼差しを見た。

研究のことだろうとそれ以外のことだろうと、一度毛糸に興味をもった猫は目の色を変えて飛びかかる。

気を引き締め、静かに深呼吸をしてから、話しはじめようとした。

ところが——。

「わかりました！」

マチルドが挙手をする。

「……あのね、君、順番を……」

「だってわかっちゃったんですもの、今！　言ってもいいですか？」

元気な娘《こ》だ。嫌いじゃない。アグレッシブな女の子を見ると、いつもほんの少し羨ましさを覚える。自分にないものだから。

「どうぞ、マチルドさんに話させてあげて」

黒猫は溜息をつくと、眉間に皺を寄せたまま、マチルドに先を促した。得意満面のマチルドと、渋面の黒猫が並んでいる姿がやけにおかしくて笑ってしまった。じろりと黒猫に睨まれる。

ほどなく、マチルドは推理を語りはじめた。

# 4

「これから話すのは、大いなる仮説だと思ってください」

大袈裟に前置きをして、マチルドは軽く咳払いをする。ちょうど前菜が運ばれてきた。ホウレン草のフリッタータと言われ、何が出てくるのかと思ったが、どうやらオムレツのイタリア版らしい。

マチルドは自分の皿のフリッタータを切り分けながら話し出す。

「二年前に、まずマルタが雇われ、ヒヌマ氏と関係をもちます」

「ふうん、関係をねえ」と黒猫は言う。

「ヒヌマ氏はいつかマルタと結婚すると約束します。ところが、彼はなかなか夫人と離婚しなかった。それでマルタはヒヌマ氏にプレッシャーをかけるべく、従業員として妹を雇い入れてくれと主張する」

「どうして妹を？」

「家族で住めるようにしてやる、とでも約束されていたのではないでしょうか。夫人が留守のときは、彼はマルタを正妻のように扱ったことがあるのかも知れません。でも、彼女はそんなことに満足したわけではなかった」

「何か、狙いがあったわけか？　真の愛か、それとも財産かな？」

黒猫が面白がるように尋ねる。

「いいえ。黒猫、塔の存在を忘れていませんか？」

マチルドは勝ち誇ったように言った。

「すべてが、あの塔を〈成長〉させるための姉妹の策略だったとしたら、どうでしょう?」

「どういうことかね」リツィアーノ氏は急に興味をそそられたようだった。マチルドが続ける。

「きっかけはマルタがここのホテルで働いていた頃です。まだこの土地におらず、一宿泊客に過ぎなかったヒヌマ氏に、彼女は〈遡行する塔〉が〈成長〉していることを教え、ガラバーニの敷地に興味を持たせたのです」

「何のために?」

「マリーアと二人で塔を完成させるには、敷地内で働く必要があったからです。そのために、マルタはヒヌマ氏と恋仲になり、彼にこの土地を買わせて……」

リツィアーノ氏が発言の途中に手で制した。

「悪いが、君に尋ねたい。その場合、今日塔が崩壊したのはなぜだろう? 単なる事故かな?」

「いいえ。事故ではありません。そもそもがガラバーニその人への復讐のために為されていた、としたらどうでしょう?」

「復讐?」

「時間をかけた復讐です。かつて姉妹がロベルト・ガラバーニに辱めを受けていたと仮定してみましょう。生きているうちにできなかった復讐を考えた時、あの塔に狙いをつけるのは当然。ガラバーニが現在もなお建築史に名を残しているのは、〈遡行する塔〉が不可能建築の代表的なものだったからです。その塔を崩壊させることは、ガラバーニ建築の代名詞を喪失させることになるのです」

「では、ガラバーニへの復讐のために、ヒヌマ氏を塔に上らせたのか？」

「ええ。彼女たちには時間がありませんでした。なぜなら、突然の解雇命令によってこれ以上塔の近くにいることができなくなったからです。恐らく、ヒヌマ氏は従業員の中の誰かが塔を崩壊させようとしていることに気づいたのでしょう。それで従業員を集めて全員まとめて追い払うことにしたんです。黒猫、覚えていませんか？　ペネロペに解雇の理由を尋ねた時、『もちろん、塔の問題ですよ』と彼女が言っていたのを」

「ああ、覚えているよ」

「つまり、あのとき、ペネロペは姉妹のためにとばっちりを受けて辞めさせられたことになるんですよ」

「それは――災難だな」

　黒猫が苦笑を浮かべる。

「ところが、姉妹は最後に逆転劇を演じるのです」

「逆転劇とは？」

「出て行く間際、ヒヌマ氏に、あと少しで塔を完成させられる方法がある、と嘘を教えて彼を塔に上らせ、完全犯罪を目論んだ」

そこまで言ったとき、黒猫がゆっくりと拍手を送った。

「面白い。ある部分は正鵠《せいこく》を射ていたよ。ただあらかた間違いだらけだったがね。君がユニークな学生だってことはよくわかった。そのユニークさが研究に活かされる日がくることを祈ろう」

黒猫はワインを飲み干し、グラスを置くと、表情を引き締めた。

「君の推理の、最大の問題は何かわかるかい？」

「最大の問題？」マチルドは戸惑った様子で問い返した。

「塔の〈成長〉は三年前から始まっているってことだ。すなわち姉妹が樋沼氏と懇意になる前から。いくら職場が近かったとしても、敷地の外からでは塔を〈成長〉させることはできない。要するに——樋沼氏が越してくるまでの一年間、彼女がどうやって塔を〈成長〉させていたのかが、いささか不明ということになる」

それは自分も感じているところだった。マチルドの勢いが良すぎて途中で割って入る隙がなかったけれど、彼女の推論にははじめから構造上の欠陥があったのだ。

「……きっと何らかの方法があるんですよ」

「何らかの方法ね」黒猫は考える風に黙る。「よしんばそうだとして、どんな方法だろう？　この屋敷の外周にはガラバーニ邸の時代から鉄条網が取り付けられている。塔を〈成長〉させるには、螺旋階段を上って先端まで行かねばならない。存外時間のかかる作業だ。侵入はどうにかできたとしても、屋敷の人が出てきたときに咄嗟に逃げるのは無理だろうね」

それじゃあ、とマチルドが口を開いた。

「私の推理はもう駄目ですね……残念です」

日本語にはこんなとき、「しょぼん」という素敵な擬態語があると教えてあげたくなるほど、愛らしい落ち込み具合だった。

このまま黒猫に〈塔の崩壊内部犯行説〉を否定されて終わらせるわけにはいかない。

「じゃあ、アガタならどう？」と尋ねてみた。

「アガタが……？」リツィアーノ氏が啞然とした表情を浮かべる。思いもよらない名前だったようだ。「だって、彼女はただの料理人だよ？」

料理人は犯人の対象にならないとでも思っているような口ぶりだ。

「ええ、たしかに。でも、彼女ならガラバーニ邸だった時代から屋敷にいたわけですから、塔を〈成長〉させ続けるという目的を叶えることができます。そして——事件発生時、唯一敷地内にいた人物でもあります。彼女を疑うほうが自然じゃありませんか？」

「なるほど」と黒猫は言った。「それも一つの考え方だ。今日のことはともかく、三年間〈成長〉を続けるためには、ずっとあの屋敷に居続けている人間こそが最もスムーズにことに及ぶことができるだろう。しかし、アガタが塔を〈成長〉させるのは無理だろうね」

「なぜ……」

「彼女は足が悪いようだ。塔には上れまい」

「あっ」とマチルドが声を上げた。「そうでしたね……たしかに彼女、足を引きずっていました」

アガタの足が悪いのは本当のようだ。

リツィアーノ氏はかぶりを振る。

「君たちはヒヌマ以外の人物を、塔を〈成長〉させた犯人にしたいようだが、どう考えたっていちばん自然なのはヒヌマ自身が塔の制作者だって推理だよ」

「それはどうでしょう。三年前、彼はこの土地にいなかったわけですから。直接塔に入った人間とガラバーニの遺志を継ぐ者をイコールと考えるのが自然だとする根拠はないと思います」リツィアーノ氏がこちらを睨むが、怯まずに続ける。「やはり今のところアガタが最有力なことに変わりはないと私は考えます。たとえば、アガタが何者かと手を組んでいれば、可能ではないでしょうか？」

まだ、あらゆる可能性を検証しなければ、納得できない。

「どうしてもアガタを疑いたいのかね？」

「アガタが候補から除外されるのは、足が悪いからというただ一点のみです。つまり、彼女の足の代わりをする人がいればいいわけですよね？」

「そうなると、自分の立場を不利にしてまで、アガタがその協力者の存在を黙秘している理由がわからないね」

リツィアーノ氏が食い下がる。

「足が悪い彼女に疑いの目が向くはずはないと、はじめからわかっていたのかも知れません。もしそうなら、協力者の存在さえ黙秘すれば、塔を〈成長〉させていたのは樋沼氏だと誰もが信じることでしょう」

「だが、あの時刻にはアガタしかいなかったんだよ？　協力者が屋敷の中にいないのに、どうやって上るというんだね？」

「あるいは、協力者は場当たり的なもので毎回違っていたのかも知れません。そして、最後の協力者が樋沼氏だったと考えると、問題はすっきりすると思いませんか？」

この切り返しにリツィアーノ氏は顔を真っ赤にした。

黒猫が手をパンと叩いた。

「そこまで。面白い推論だったよ。君もまた、マチルド同様、いささか度の過ぎた勘違いをしているがね」

さっきもそんなようなことを言っていた。

一体どこに勘違いがあると言うのだろう？

「君の推論に沿って考えると、もはや真実は闇の中だ。マリーアもマルタもペネロペも、すでに屋敷を去ってしまったし、アガタは口を割らないだろうしね」

「まあ、いずれにせよ――終わったことだ」とリッツィアーノ氏が言った。まるで、自分が話したがっていた話題に鍵をかけるように。彼はあくまで黒猫から意見を聞くことにのみ興味があるらしく、無駄な推論に用はない、と言いたげだった。

そこでちょうどメインディッシュが運ばれてきた。そこからは研究の話が中心になり、話題が逸れた。黒猫はなぜかこの話題にあまり触れたがらないようだった。対するリッツィアーノ氏は樋沼氏がどうやって塔を〈成長〉させていたのかを黒猫から聞きだしたい様子だったが、黒猫はのらりくらりとその質問をかわした。

メインディッシュが下げられると、リッツィアーノ氏は再びもの言いたげに黒猫を見やった。彼は酒を飲んでいないはずだったが、感情的になったせいか顔が赤くなっていた。

「黒猫君、もう余興はいいだろう？　そろそろ君の考えを聞かせてくれないかね？」

「これからデザートなのに」と黒猫が呑気に言うと、リッツィアーノ氏は、「私は甘いものを医者に止められている」と答えた。

仕方ありませんね、と言って黒猫は封筒を取り出した。

リッツィアーノ氏がそれに手を伸ばした。

ところが、黒猫は封筒を離そうとしない。

「お渡しする前に言っておきたいことがあります。リッツィアーノさん、ご理解ください。限界に挑んだ芸術作品は、作者の企図を超えて真理の暗号と化するものです。そして、そのようなものとして形象化された芸術作品は必然的に未来を構想する力を有している。政治、科学、都市機能、それらは密接にリンクしています」

「……何が言いたいのかね？」

「たとえばワーグナーについて考えてください。ワーグナー楽劇は、それまで偉大であった芸術が悉《ことごと》く否定された時期にあって、最後の跳躍を試みたと言えるでしょう。いわば、芸術の限界を一歩推し進めようとした結果の、大いなる挫折でもあったわけです」

「後世の人間から見れば、彼の功績は全面的に賞賛されるものではないかも知れないな。だが、なぜ今そんな話を？」

黒猫は手で制して言葉をつないだ。

「芸術の限界を推し進めた点では、〈遡行する塔〉と相通ずるところがあると思いませんか？」

「それはたしかに……」

「ワーグナーが企図したことではないでしょうが、彼の楽劇はゲルマン民族の祝祭としてナチズムに寄与しました。同じように、〈遡行する塔〉を〈成長〉させていた人物を明らかにし、解釈を試みようとした段階で、すでに我々は歴史に関与していることになるのです。世界のテクノロジーの行方を誰より真剣に考えていたであろう樋沼氏が、あの塔に惹きつけられたのも必然と言えます。つまり——芸術の限界のメカニズムを解体することは、歴史に荷担することなのです。それはあなたの本意なのでしょうか？」

リツィアーノ氏の表情は石のように硬くなった。

「それでもお知りになりたいのなら、順番だけは僕に決めさせていただきたい。僕が依頼を受けたのはラテスト教授です。礼儀上、まずは彼に詳細なレポートを。この封筒は、その後に開封していただきたいのです」

「いや……結構だ」

リツィアーノ氏は、封筒から手を離して立ち上がった。突然の行動だった。

彼のつるりとした頭部には、たった数秒の間に、通り雨でも浴びたかのように汗が浮かんでいた。

「ありがとう、黒猫君。私は建築学者であって美学者ではない。好奇心に身を任せて己の本分を見誤るところだった。歴史に関わるのは、私には荷が重い。君たち美学者に任せよう」

彼はそれから、窓の外に目をやり、歌うように続けた。

「さらば、〈遡行する塔〉。あの塔の完成は、我々の心にのみ存在する。我々はその塔を思う時、過去へと遡行する。そういうことなのかも知れない。今日の昼は、あまりのことに絶望的な気分になったが、今は静かに受け入れるしかないと思えるようになってきたよ。私はこれでお暇《いとま》しよう」

強引な幕引きだ、と思った。

黒猫は何を知っているのだろう？

そして、リツィアーノ氏に一瞬で何を理解させたのだろう？

## 5

リツィアーノ氏が立ち上がったとき、マチルドも時計を見た。

「いけない、もうこんな時間。そろそろ空港に向かわなくちゃ……本当は私だって残りたいのに……」

「君が単位を落とすのをよしとするのなら、構わないよ」

マチルドは不満げに口を尖らせた後、ちらっとこちらを見た。睨まれているわけではないが、実質的には睨んだのと変わらない、そんな雰囲気の眼差しだった。

「それでは推理合戦はこれにてお開き」と黒猫が宣言する。「何にせよ、本当に事故死かどうかは警察がきちんと調べているだろうし、君の推理は百パーセント違っていたと僕が保証する。でもとても面白かったよ」

言い終えて、黒猫はふふっと笑った。

それから、リツィアーノ氏に急かされてマチルドは渋々腰を上げた。

「駅まで送ろう。黒猫君、君の幸運を祈る」

「あなたにも」黒猫はリツィアーノ氏と固い握手をかわした。

マチルドが黒猫のスーツの裾をぎゅっと掴む。

「黒猫……ちゃんとお仕事して帰って来てくださいね」

釘を刺すような口調で言うと、こちらを向いて「サヨウナラ」と日本語で言った。

「さようなら」

二人の姿が見えなくなるまで、手を振った。

そして、二人きりになった。

ボーイが食器を下げ、食後のデザートを持ってきた。

こちらはこれ以上入らないのでデザートは省略。とびきり濃いエスプレッソである。対する黒猫は——。

「好きだねえ、パフェ」

黒猫の前に置かれたのは、キャラメルソースがたっぷりかかったジェラートパフェだった。

「君のほうこそ、そのうち苦いもの好きが高じてせんぶり茶でも飲むようになるんじゃないのか」

「……ならないよ」

黒猫はパフェを一掬い口に入れる。

「うん、上質な舌触りだ。しかし――アガタの作ったジェラートパフェのほうが上だな」

ここにいる間にいくつパフェを食べたのか聞いてみたいものだ。

「最近どうなんだ？　わが母校は」と黒猫が尋ねた。

「相変わらずだよ」

最近の大学でのことや研究のことなどを話した。

「戸影《とかげ》は研究頑張ってるのか」

戸影は黒猫のゼミの学生だったのだ。

「うん、頑張ってるよ」

「そうか。先日彼からきたメールに君のことばかり書いてあったから、研究をサボってるんじゃないかと思ってね」

図書館で文献を漁っているこちらに、よく講義をサボってお茶の誘いをしてくる戸影の顔が浮かんだ。

「……まあ、もっと頑張ってもいいとは思うけれど」

「彼は君に気があるようだな」と黒猫は言った。

「そうかな……そうだとしても理由がわからないけど」

「好きになるのに理由なんかないだろう」

「そう?」

「たぶん」

「たぶん?」

問い詰めたら、睨まれた。

「君、ずいぶん追及屋になったな」

「オホホ、研究者として研ぎ澄まされてきたんですのよ」

「何だよ、オホホって。気色悪い」

黒猫はそう言いながら最後の一掬いを口の中に収めると、冷めきったカプチーノを一口啜ってから改まって言った。

「場所を変えて飲まないか」

「……どこで?」

「そうだな。僕が今夜とったロイヤルスイートなら、コンロ付きだから、簡単なつまみくらいは作れそうだ。君の部屋の一つ上の階だよ」

「お酒は？」

「マルサラ・ワインとリモンチェッロが一本ずつ。つまみ用に、さっきレモンとアボカドとクリームチーズと新鮮なタコを買った。調味料なんかは備えつけがあるようだし、これだけあれば何かできるだろう」

「ふむ……行こうかな」

「たまには君が作る側になってもいいんだけどね」

「いいえ、こればっかりはご遠慮申し上げます」

「慎み深いレディだ」

「あっはっは」

立ち上がって会計に向かう黒猫を眺めながら、少しだけ手が汗ばむ。鼓動が高鳴っていた。

一年前は、二人で飲むなんて普通のことだったのに。

それが、こんなにも緊張を伴う行為に変わる日がくるなんて、あの頃は思いもしなかった。

人間は日々変わり続ける生き物だ。ある時には呼吸をするために必要だったものが、今は呼吸を苦しくすることもある。

そのうち――この状態も変わる日がくるのかな。

どんな風に?

その変化は自然なものであっても、二人にとってはよくない変化かも知れない。いつか、黒猫を前にしても、何も思わなくなる日が訪れるのだろうか。過去のいい思い出だと、そんな風に割り切れる日が。

でもそれは今ではないし、考えても仕方のないことだ。

「何してるんだ?　行くぞ」

「あ、うん、ごめん」

遅れて立ち上がる。

考えてもみれば、ものすごく特別な夜。

なのに、なぜ自分は、いつもと変わらぬデニムにセーターなのだ。ドレスコードに厳しくないリストランテだったからよかったが、もう少し考えるべきだった。だが、もう過ぎたこと。頭を振り振り黒猫の後を追った。

黒いスーツの後ろ姿について歩く。

一年前、当たり前にそうしていたように。

# 第三部　黒猫の約束

# 第一章

## 1

キッチンに立つ黒猫を見ていると、ここがどこなのか、感覚が麻痺してくる。

立ち込める料理の匂いは、記憶をS公園へと、あるいは学生時代の阿佐谷へと引き戻した。

黒猫のシルエットはいささかも変わっていなかった。

「何をじろじろ見ている」

ソファに寝そべっているこちらを見もせずに、黒猫が問いかける。

「え……べ、べつに……」

鍋でタコを茹《ゆ》でた後、黒猫はそれをさっと上げて湯を切り、オリーブオイルを引いたフライパンに移した。そして、アボカドとレモンを入れ、クリームチーズを絡めて炒めはじめる。ぐっと食欲をそそる香りが広がってきた。

「現代建築は大荒れの海原にいる」料理の手を止めることなく、黒猫は言った。「不可能はどんどんなくなり、かつてアンビルト建築と言われたものも、次々に建設される世界だ。映画もそうだ。十五年前なら作れなかったようなものでも、ＣＧの飛躍的な向上のおかげで次々に作られている。テクノロジーの渦はさまざまな不可能を呑み込んでしまう。〈遡行する塔〉だって、今のところ不可能だというだけで、五年後、十年後にはわからないものだった。でも、僕が〈遡行する塔〉を評価しているのは、べつにそれが不可能建築だからではないんだ」

「そうなの？」

「芸術は科学とは違う。だから、じつは力学的な不可能性なんてものはどうでもよくて、あの塔が芸術的に価値があると考える本当の理由は、塔を塔として自由にした点にあるんだ」

「塔を塔として自由に……？」

「塔には目的がある。モニュメント、監視用、宗教——ああ、東京タワーみたいな電波塔なんてのもあるね。でも、そういった目的は、鑑賞においては意味がない。それは〈物質〉の特性に過ぎない」

「ふむ。そうかも」

「あの塔は、従来の機能から自由になっていた。少なくとも、人間が通常想像するような機能からは、ね。第一、塔のくせに下を向いているのがいかにも逆説的だ。塔は普通、天を仰ぐものだからね」

「そっか……たしかに」

　俯いている塔なんて聞いたことがない。

「機能美でもなく、かと言ってガウディのようなロマン主義に傾倒しているわけでもない。いわば、ガウディが求めた建築における音楽性を徹底的に排除し、何にも依拠することのない崇高さを切り拓いた点で評価しているんだ」

「んん……相変わらず難しいこと考えてるね」

　だいぶ追いついたつもりでいたが、とんでもない。自分の甘さを痛感する。

「ところで、さっき僕が〈テクノロジーの渦〉と言ったとき、君はポオの作品を思い浮かべたね？　『メエルシュトレエムに呑まれて』を」

「うん……まあ、ちらっとだけど」

　思い浮かべないわけがない。これは偶然ではなくて必然だ。

「それじゃあ、せっかくの再会だし……」嫌な予感がする。「君に『メエルシュトレエムに呑まれて』の解体でもしてもらおうか？　僕はロンドンの学会発表を見ていないのでね」

　やっぱり！

「せっかくリラックスしてたのにぃ！」

ソファでごろりと足を伸ばしていたところに、急に緊張感を強いる依頼が舞い込んだ。

「リラックスしすぎなんだよ、自分の部屋でもないくせに」

「むっ」

仕方ない。幸い、発表内容のうち、テクスト解体の部分だけはほとんど暗記している。

「まず、私が目を付けたのは、あの短篇小説がア・プリオリについてのお話だってことなの」

「ふうん……」黒猫は料理の手を止めてこちらを見やる。知的好奇心が刺激されているときの黒猫の目。「詳しく聞こうか」

「私が着目したのは兄弟の動作」やれやれ、なんでこんな展開になるのやら。こうなったら腹を括るしかない。「老人の兄は、なぜ巨大な渦を目の前にして動こうとしなかったのか。老人はなぜ助かったのか。二人の行動の側面から、人間のア・プリオリと、それに基づいたア・ポステリオリな認識の作用を描いたテクストとして読み解いてみたの」

「では、まず先に確認しておこう。ア・プリオリとは何か説明してくれないか？」

「ア・プリオリ――カント『純粋理性批判』の中に登場する概念。カントは、精神がみずから対象の摂取に乗り出すときに、カテゴリの分岐点に立って仕分け作業をするのがア・プリオリな〈図式〉だとしている。この点、カントの考える〈先験的図式〉は定型的なもので、人間の精神的活動の実体には即していない」

「申し分ないね」黒猫はにっこりと微笑む。「ベルクソンの〈力動図式〉はこのようなカントの〈図式〉を批判的に捉えることで成立していった。でも、ベルクソンもまた〈図式〉がア・プリオリなものである点は否定していない」

そこで黒猫は一度言葉を切る。

「ベルクソンの〈力動図式〉であれ、僕の〈遊動図式〉であれ、あるいはポオの『ユリイカ』であれ、人間の直観について論じたものだ。そして、そこではア・プリオリな認識は自明のことこととされている。ただし、自明であるが、その概念はあらゆる学問の発展とともにつねに変化させていく必要があるんだ」

「あらゆる学問と？」

思いがけない発言だった。ほかの分野の学問は美学とは相容れないと何となく理解していた。

「〈図式〉の研究は人間の脳や物質のメカニズムと切り離せないからね。人間のア・プリオリな認識とは何なのか、それはこれまでも変動してきたし、当然この先もア・プリオリの内容は変化し続け、その都度細かな線引きが必要とされていくことだろう。〈図式〉の概念の適用範囲を見極める意味で、万物におけるア・プリオリなものの研究は今後重要性を増すに違いない」

「万物における、ア・プリオリ？」

「たとえば〈遡行する塔〉の、〈遡行する塔〉自体のア・プリオリなものも当然考えられる。君の研究対象であるポオの宇宙論にも近くなってくる話だな」

ポオの宇宙論「ユリイカ」。そのなかの一文は諳《そら》んじて言える。


最初のものの根源的な単一状態には、次代のすべてのものの続発すべき原因が潜んでいる、と共にそれらのものの必然的な破壊の萌芽も潜んでいるということ。


「話の腰を折って悪かったね。それじゃあ、『メエルシュトレエムに呑まれて』本篇の解体を披露してもらおうか」

相変わらずよく喋るんだから。

でもア・プリオリという言葉を半ば意識せずに定型句として使っていたから、助かった。

深呼吸を一つして、話しはじめる。

「これは、以前『アッシャー家の崩壊』の話を黒猫としたときに、黒猫が〈時間〉に焦点を当てていたことの応用でもあるんだけれど、ポオは老人の認識における〈時間〉を最大限引き延ばしていると思うの。最初はサスペンスや恐怖を生むためかと思った。でも、それは逆で、サスペンスや恐怖の効果によって時間を引き延ばしているんじゃないかなって。

それもすべては、このテクストを〈認識の推移の記録書〉とするためじゃないかって思ったんだけど……」

「面白い。それで、その〈認識の推移の記録書〉を、君はどう見てとったんだ？」

「老人の兄は渦を目の当たりにした恐怖のあまり、自己の認識を省察することを放棄したがために、最終的に渦に呑み込まれてしまう。対する老人はまず助かる方法があるはずだということをア・プリオリに知っているの。まずそこが兄と違うんじゃないかな」

何とか助かる方法があるはずだ、と考える。それは方法を模索する以前に、頭のどこかで知っていることにほかならない。

「なるほどね。それから？」

「助かる術があるはずだ、とア・プリオリな認識に基づいて老人は巨大な渦を観察し、同時にそこから記憶を遡って経験《ア・ポステリオリ》則的に〈球形は沈むが円筒形は沈まない〉という原理を発見する。二人の違いは、まず何よりも原初の本能的な認識に耳を傾けたか、恐怖によってその機能が麻痺したかにあるの。耳を傾けた老人のほうは、円筒形の樽に自らを結わえて助かる。そして自己の認識に向き合い、〈瞬間〉を際限なく引き延ばした代償として、誰にも見分けのつかないほど年をとってしまう。けれど、それは彼が本当の意味での〈時間〉を知ったということでもある」

「ふむ。興味深い考察だね。しかしそこでおしまいじゃないだろ？」

「もちろん」

黒猫は満足げに頷く。

「以上の考察から、じつは老人とその兄が概念的な記号でもあることが見えてくるの。兄は〈物質〉であり老人は——〈精神〉」

黒猫の目が、鋭く光った。興味を強く惹きつけられているときの彼特有の目の輝きだ。

「兄は万物にはたらく崩壊の作用をあますところなく甘受する。兄の運命は、宇宙の法則の前で物質的なものがあまねく虚無から免れ得ぬことを示唆している。対する老人＝〈精神〉は、ア・プリオリな認識から出発して、ア・ポステリオリな選択を行なう。それは虚無に抗い、唯一絶対の永遠を手にする方法を〈精神〉だけが知っているってことなんじゃないかしら」

一気にそこまで言い終えると、喉の渇きに気づいた。

グラスに残っているリモンチェッロを飲み干す。

黒猫が拍手をした。

「驚いたな。研究における君の進歩は、虎が階段を十段抜かしで跳ぶのを見ているようだ」

「なんで虎なの……？」

「虎の脚力はすごいんだよ。あれだけの巨体でゆったり動いているようだが、移動するときは一瞬だ。そんな感じ」

「……もうちょっとかわいい動物がよかったな」

「研究者が可愛いものに喩えられていてどうする」

まったくそのとおり。

「では骨子の部分は聞いたから、それに基づいて細部を解体すると、どうなる？」

黒猫の口元に浮かんだ笑みは、挑発的でもあり、そこはかとなく信頼を感じさせもした。〈できるようになってるんだろ、君は〉。きっとそう言っているのだ。受けて立たないわけにはいかない。

「テクスト全体を俯瞰すると、これは〈白と黒の物語〉だと思う」

「ポオのテクストにおいて色彩は重要なメタファーだ」

「ええ。今回はそれが二色に限定しているところが特徴的ね。ポオは水のイメージを重視するけれど、今回の水はインクのような黒い海。その中で波だけが白く見える。この対比は渦に遭う前の黒髪と事件後の白髪という対比にも表れていると思う」

「黒は死で、白は生かな？」

「いいえ。そんな単純な対比じゃない。解読のヒントになるのは、最後の部分」

「『大鴉のようにまっ黒だった髪』？」

「そう。〈大鴉〉が〈虚無〉の象徴であるならば、それに形容される黒は儚い〈物質〉。

白髪に象徴されるように最後に残る白はア・プリオリに従った〈精神〉。その〈精神〉の内なる〈瞬間〉の持続がもたらす〈永遠〉に微かな希望を感じさせながら、テクストは幕を閉じる」

「完璧だ」と言って黒猫は目を閉じた。まるで、充足感を満喫しているかのように。

「ポオの解体について、僕から改めて付け足すことはない」

「え……嘘……」

「そんなに驚くことじゃない。そりゃあ、顕微鏡的な解体をやれば、たとえば、三兄弟の話だから、最初に流された弟についても考察を加え、弟がエートス＝人柄、兄がパトス＝感情、語り手の老人がロゴス＝言論と考えてみる、とか、いろいろやれるだろうが……」

「なに、そのパトスとかロゴスとかって」

「アリストテレスの弁論術における、三種の説得手段さ。現代において芸術が有効な装置であるためには、ロゴスに特化していくべきだというポオの美学論だとも取れる。だが、パトスもエートスも、ともに現世的で儚い点では〈物質〉に集約が可能だし——とまあ、こういう分析をやりだすと、さすがに酒が不味くなる」

顔を見合わせ、同時に笑い出した。

「だから、僕はポオの解体ではなく、いまの君の解体を踏まえて、塔の崩壊と樋沼氏の死についての解体をしよう」

「待ってました」

「おっと、でもその前に——仕切り直しといこうか」

料理が、できたようだ。

「そっちも待ってました」

待っていたのだ。本当に、ずっと。

## 2

黒猫は皿を持ってこちらへやってくると、テーブルに二つ並べ、フォークを手渡した。

「いただきまーす」

久しぶりの黒猫の料理だった。

口いっぱいに頬張ると、オリーブオイルとクリームチーズ、レモンの風味がタコとアボカドを爽やかに包み込んでいる。

「不思議だよね。タコは泳いでる間はアボカドのことなんか知りもしないのに」

「そうだな。オリーブの木からとれたオイルに塗《まみ》れるっていうのも想定外だろう。まさに人生は想定外の連続」

黒猫はマルサラ・ワインのボトルを開けた。

「そして、生まれて初めて訪れた町で、君と出会うなんて想定外のことも起こる」

二つのグラスに均等にマルサラ・ワインが注がれた。

グラスを接触させずに、乾杯をする。

「んん、ほんのり甘いのに強烈ね」

「マルサラのいいところは、糖度を残したままアルコール度数を高めた点にある。気をつけろよ。発表を終えた後の君は飲み過ぎるから」

「だ、大丈夫だよ。それに私の部屋はすぐ下なんだし」

いつぞやのような醜態を晒すほど飲むつもりもない。第一、あんな醜態は一度きりなのに、こんなところで持ち出すとは意地が悪い。

黒猫は腰を下ろすと、ワインを一口飲み、話しはじめた。

「じつは、今回の事故が起こった時、僕の頭に浮かんだのも『メエルシュトレエムに呑まれて』だったんだ。〈物質〉の死は、言ってみれば表層的なものに目が眩《くら》まされているだけだ。塔のア・プリオリな〈精神〉に目を向けなければね。この場合の〈精神〉とは、言論性自体が醸成する秘められた真理のことだ」

〈精神〉という言葉を再定義するところまでは、考えついていなかった。だが同時に、そこを曖昧にしているところが自分の思考の甘さなのか、とも考えた。

「と、以上を踏まえたうえで聞く。君はあの塔の崩壊をどう考える？」

「どう？」

「誰がやったとか、なぜやったとかじゃなくて。塔の崩壊を、あの瞬間にどう見た？」

遡る。あの瞬間、自分が何を考えたのか。

「たしか——消えた……と思ったかな」

あまりに当たり前すぎる感想。でも、実際にそうだった。

塔が壊れたとか、崩れたとか、そんなことは何も考えていなかった。それが起こった瞬間に頭に浮かんだのは、そこにあったものが消えた、というただそれだけだ。

黒猫はそこでニヤッと笑った。

「そういうことだよ。つまり、塔の崩壊が標示しているのは、塔という〈物質〉の終わりだね。ならば〈精神〉は、本来塔の構想自体に秘められていた真理のことだ。この〈精神〉を明らかにするには、一人の天才の存在に迫る以外に方法はない。そこで重要な役割を担っているのが、この塔を背景にしたシーンを、自身の映画に使おうとしていた男だ」

「トッレ監督のことね？」

黒猫は頷く。

「塔の崩壊は彼にとって全くの予想外だったかも知れない。しかし、塔が〈成長〉していることは事前に知っていたようだ。崩壊の前日に、彼が塔を見に来ているのを、マチルドが窓から目撃していた。窓を開けると、塀の外で人影が逃げていくのが見えたらしい。撮影の下見に来ていたのか、その人物はこんな風に指で四角を作っていたようだ」

黒猫は人差し指と親指を組み合わせて長方形を作った。

「これ、カメラにどう収めるかを見るときのポーズだろ？」

そんなポーズを現場で何度かやっている姿を目撃したことを思い出す。最初に出会ったときも、こちらに向けて手でフレームを作っていた。

「あの塔は映画の中で重要なモチーフだったわけだ。そして、それが撮影の最中に消失する。彼の新作映画の中では塔は何の象徴として描かれることになったんだろうか？」

「それは――わからないよ」

「本当に？」

「え……」

わからない。

そうだろうか？

確信が揺らぐ。早逝の天才建築家とその息子。

彼にとって〈遡行する塔〉の意味とは……。

「ロベルト・ガラバーニ？」

「そのとおり。少なくとも、昨日まで、彼の頭の中では、塔はガラバーニそのものだった。

ところが、昨夜、彼は屋敷付近を散策し、かつて自室だった西棟三階中央の真っ暗な窓を見た。そこには斜め上から部屋を覗き込む塔の円蓋部分が映っていた。それで、数日前に撮影に来たときよりも塔が〈成長〉していることに気づいてしまったんだ。そこに刻まれた意味は何だろうか？」

「父親の遺志が継承されている……？」

「もっと大胆に考えることもできるよ。たとえば〈遡行する塔〉はロベルトの作品ではなかった、とかね」

「そっか……。不可能建築を〈成長〉させられるのは、真の作り手だけ」

「かくしてトッレ監督の中にあった〈ガラバーニ＝塔〉という見立ては崩れる。そこで意味をもってくるのが、前日にホテルに戻ってきたときのトッレ監督の呟きだ」

　トッレ監督はこちらの存在に気づいた様子もなく、こう呟いたのだ。

――まさか彼女が……？

「ここに〈彼女〉なる謎の人物が現れる。その〈彼女〉とは映画に登場する主人公の初恋の相手だろう。そう、君が映画で演じたセクシーなドレスの女性だ」

　わざとそんな言い方をしたな、と睨みつけるが、黒猫は視線に気づいていない素振りで続ける。

「君の話によれば、トッレ監督の実際の初恋相手が最初の出会いで赤いワンピースを着ていたようじゃないか。今回の場合、〈再会〉という、今や映画の中ではありふれてしまったものを〈異化〉させるために、この手法を用いたのだろう。久しぶりに会った女性が大昔と同じ服装をしているなんて、現実的に考えればあり得ない」

そして――と黒猫はそこで一度言葉を切った。

ワインを飲み干し、次なる一杯を注ぐ。

「そして、再会と時を同じくして起こる塔の崩壊。〈再会〉と〈崩壊〉が同時にカメラに収まるとき、そこで主旋律となるのは、〈彼女〉という存在だろうね」

「うん、たしかに……」

でもそれは結果論では、と言いかけて、考え直す。「偶然だと思うかい？」という例の問いかけが思い返されたからだ。そうか、〈再会〉も〈崩壊〉も一人の人間の能動的な意志によるものだとしたら……。

「仮に、その塔が〈彼女〉の手によるものだとしたら、トッレ監督の人生そのものが〈彼女〉に設計されたものだったとすら思えないか？」

「〈彼女〉に――設計された……？」

「塔の崩壊と、映画のラストシーンの撮影。両者が足並みを揃えるように、十五年も昔に〈彼女〉が設計していたのだとしたら、どうだろう？」

十五年も昔に――。

そう言われて、思い当たる。

——どこまでもきっちりと彼女は僕の将来を設計してくれたってわけさ。

「〈彼女〉はトッレ監督が映画の道を目指すように示唆したらしいけれど、でも、彼がそのレールに従って映画監督になるかどうかなんて……」

「そうだね。すべてを理解するには、過去に遡行していくしかない」

「遡行……」

「アユが川を上るようにね」

頭の中に、川の流れに逆らって、上り行くアユが浮かんだ。

清い水の流れさえもやり過ごす術を心得たアユの姿は、そのままポオの短篇の老人の姿に重なっていくかのようだった。

## 3

黒猫はカーテンを開いた。

「つい昨日まで、ここからはあの塔が見えた。今は見えない。十八年前、ある女性従業員がガラバーニ邸に勤めだした頃も、やっぱりあそこには塔はなかった。当主、ロベルトは息子の想いも知らずに〈彼女〉に執着し、〈彼女〉をいつも眺めていられるように屋敷の窓に工夫を凝らす。応接間の東向きの窓に設えたレンズさ。レンズ越しなら、その姿はよく観察できたことだろう」

偏執的な愛。天才建築家のイメージが一変する。

「ガラバーニ建築の要諦は、〈成長する建築〉と言われるが、その特徴はおおよそが無意味とも言うべき可変性にあった。しかし、最後に制作した〈遡行する塔〉には、あたかも樹木を模したかのようなうねりがあり、それが内部構造の螺旋階段とも対応している点で有機的でもあった。これはね、端的に言って別人による作品だよ」

黒猫はそう言ってカーテンを閉めた。

「そこでレンズのことをもう一度考えよう。ロベルトは本当に〈彼女〉を覗き見ていたのかどうか」

「だってほかにどんな用途があるの？」

「もちろん、何かをよく見たかったのは確かだと思う。だが、それは〈彼女〉じゃない。彼女の部屋の何かをよく見たかったんだ」

「何か……とは？」

「ドローイングさ。ある時、〈彼女〉が趣味で描いているドローイングを偶然見て、その才能を知ったロベルトは、窓をレンズに換えて詳細を観察する。しかし、建築にとってドローイングは完成イメージ図であって設計図とは違う。そこで自室に〈彼女〉を招き、〈遡行する塔〉をいかにして設計するか、計画の詳細を夜毎議論する」

「二人は男女の仲じゃなかったのね？」

「ロベルトの部屋を訪ねる〈彼女〉をトッレ監督は誤解したのだろう。すべては誰も見たことのない塔を形にしたいロベルト・ガラバーニの芸術熱が生んだ誤解さ。知らない者の目には、家庭をもった人間が若い娘に入れあげたと映る。樋沼氏が塔に取りつかれたように、ロベルトも自分には到底成し遂げられない建築の未来を手にしたいと考えた。そしてロベルトは死の一ヵ月前に、未完成の状態でこの建築計画を発表した。自分の作品としてね」

　許されない行為だ。芸術熱に浮かされるのとは本質が違う。自身の名で発表する目的は、名声以外にはない。

「そうまでして、建築界に認められたかったってこと？」

「彼に社会を騙す意図があったのかどうかはわからない。自分の土地で働いている従業員は、〈からだ〉の一部という程度の認識だったのかも知れない」

「そんなの、おかしいよ」

「おかしいよ。だが、〈彼女〉には材料を集める財力がなく、ドローイングをもとに実際に着工した経験もない。そんな娘を矢面《やおもて》に立たせることは、かえって酷なことかも知れない」

簡単には言葉が出て来なかった。黒猫の言っていることが正しいのか、間違っているのか、断言できずにいる自分がいる。

「以前、君にアバターと身体の話をしたね？」

「うん」

綿谷埜枝《わたやのえ》の幻想小説とそれにまつわる恋物語を思い出す。

あのとき、黒猫とアバターを使って話した。世界のどこにも存在しない場所で彼と言葉をかわした特別な記憶。

「身体性って人によって違うものだよ。たとえば、音楽バンド。音楽に精通していない人にとっては、バンドの曲と、バンド解散後にボーカルが出したソロアルバムは何ら価値が変わらなかったりする」

先日、長らく聴いてきたステレオフィッシュというバンドが解散したとの噂を聞いたことを思い出した。個人的に、たまたまそのボーカルを知っている身としては、今後も彼のソロアルバムは聴くだろうし、そこに違いはないだろう。そういうことは、たしかにあるかも知れない。自分には音楽マニアほどアンテナがないから。

「同様に、建築を心から楽しむ人間にとっては、作者がガラバーニだろうとアリゲータだろうと気にはするまい。それらはトッレ監督が言うところの〈からだ〉のほんの一部だからね」

「それじゃあ、ガラバーニのしたことも、容認されるべきってこと？」

「いいや。社会的に、そして法的に守るべきところは守ったほうがいい。あとは〈彼女〉との間でどういう契約をかわしたか、とか。ただ、それはしょせん芸術鑑賞とは全然別個の問題だってことは理解しなければならない」

「それじゃあ、ずっとピカソの絵だと思って見ていたものがじつはニセモノだとわかっても、目くじらを立てるのは違うってことね？」

「まあそうだね。あなたたちにとって芸術体験とは何ですかってことだな」

「……難しい問題だよね。私も、ポオの生涯を作品解釈に反映させるべきなのか、とか、歴史的背景とかも反映させるべきなのかっていうのはすごく迷う」

「迷うことはないんじゃない？　自分が世界をどう見るかがはっきりしていればいいのさ」

以前黒猫が言っていたように、研究に愛される自信があるかどうか。その道にとって新しい価値を創造できるのならば、人物史なりその時代背景なりを追っていくことにも意義はあるのだろう。

「現代は、体験が情報と切り離せなくなっている。もちろん、体験自体も次の瞬間にはその内容の一部に取り込まれているわけだから、単純に情報を切り離せばいいと言っているわけでもない」

「そうなの？」

「Aを見た後に、ひどく似たBを見て、Aに似ているという印象をカットすることはできないし、またカットすることが正しいとも思えない。このように体験の中には、無視すべき要素と無視すべきではない要素とがつねに混在しているんだ。だから、この大渦から逃れるには、ア・プリオリな認識にしたがっていくしかないわけさ」

黒猫は指をピンと立てた。

「塔の崩壊という現象を見るうえで、無視すべきでない要素は、ロベルトと〈彼女〉の出会いだ。たとえば、名もなき娘の手による設計にロベルトが触手を伸ばした時点で、その塔の崩壊もあらかじめ決まっていた、とは言えないだろうか」

「ロベルトに目をつけられたから、〈彼女〉は塔を崩壊させることに決めたってこと？」

「そう。崩壊は、本来十五年前に起こっているべきだったんだ。ところが、そうはならなかった。ロベルトが亡くなったから。彼は失明し、そのショックから自殺してしまった」

ロベルト・ガラバーニの死を、〈彼女〉は予想していなかったということか。それゆえに十五年前に起こるはずだった崩壊は現在まで凍結されていた。

驚きに瞬きを忘れているこちらをよそに、黒猫は淡々とリモンチェッロを注ぎ入れた。マルサラ・ワインで口の中が甘くなってきたのかも知れない。

「失明したのには、例のスキャンダルが関係している。当時、〈彼女〉は夫人によって寮棟から出ることを禁じられた。結果として、夜毎開かれていた塔建設のためのミーティングができなくなったロベルトは〈彼女〉からヒントをもらうために、あのレンズ窓に再び頼らなくてはならなくなったんだ」

たしかに黒猫の話はその当時のガラバーニ家の事情とつながってはいる。しかし──。

「……でも、それが失明とどうつながるの？」

「何者かが、〈彼女〉の部屋の窓の外側に鏡を置いておいたとしたらどうだろう？」

「鏡を？」

「その鏡は太陽に向けられ、屋敷の応接間のレンズ窓を照射するような角度に設置されていた。それによって、ロベルトはそこにあるはずのない太陽を見ることになってしまった。ほんの数秒なら失明まではしなかっただろう。だが、彼は何としても〈遡行する塔〉を完成させたかった。だから目の刺激に負けじと〈彼女〉の部屋を見ようとし続け、その結果、失明してしまったんだ」

レンズ越しに太陽を覗くことなかれ。理科の授業で誰もが習うこと。ロベルト・ガラバーニはそれによって視力を失い、建築家としての人生に絶望した。

「一体誰がその鏡を仕掛けたの？」

「彼の息子さ」

「彼を父親を懲らしめるために、〈彼女〉の部屋の窓の外に鏡を設置した。失明が原因で死ぬとまでは考えていなかったんだろう」

映画の絵コンテ中に描かれていた、狙いの外れた銃弾が引き起こした心臓発作という父の死に方は、父親の死の動機を作った罪悪感から生まれたのか。

「トッレ監督の思いがけない行動のせいで、塔を崩壊させる〈彼女〉の計画は途中で終わってしまった。そして、塔制作に秘めた〈精神〉自体が永遠にわからぬままになり、結果的にトッレ監督は〈遡行する塔〉を父の遺作だと思い込んでしまった。だから、本来の塔の意味を伝えるために、〈彼女〉は少年に、あるものを渡したんだ」

あるもの？　それは一体……。

「ただ映画監督になるように言っただけではなくて？」

「それだけでは、今日のように再会シーンの撮影と塔の崩壊の足並みを揃えられるわけがない。まず、〈彼女〉は歳月の指定を忘れていない。十五年。当時のトッレ少年が想像し得る最長の年月。そこにもう一つ、もっと緻密な設計図を与えることを忘れなかった」

「まさか……」戦慄が走った。「絵コンテ？」

黒猫が頷きながら、再びグラスを空にした。

「そう。『プロメッサ』の絵コンテは〈彼女〉が用意したものだったんだ。そこには、二人の出会いから、彼のこれからの人生と、再会して想いを果たすまでの約束の物語が描かれていた」

「なぜそんな面倒なことをしたの？　〈あれは私が造った塔なの〉って言えばいいだけなのに」

「そこには、時間を置いて掘り起こされるべき内包された〈精神〉があったからさ」

「何なの？　その〈精神〉って」

「告白だよ」

「告白……」

「あの塔はね、トッレ少年に思いを寄せる十五年前の〈彼女〉そのものの姿なんだよ」


まさか——。

頭を不意に叩かれたような衝撃があった。

塔が〈彼女〉自身？

物憂げに俯くみたいに、頭を垂れた塔。

その姿が、頭の中で一人の女性のシルエットと重なる。

黒猫は続ける。

「三階のトッレ少年の部屋に向かって、下降するように頭を垂れる塔。まさに恋する塔、愛する人を求める塔だった」

求める塔。

「バベルの塔がなぜ建てられたか知っているだろう？　天界に届くようにどこまでも高く造られ、その結果として崩壊した。塔はときに欲望そのものとして存在することになる」

馬鹿げている。

塔が、人に到達するために建てられるなんて。

「塔には実用的側面もあったはずだ。少なくとも、〈彼女〉が自室でドローイングを描いている段階では、目的があったに違いないんだ」

「目的？　それは一体……」

「誰の目にも触れずに少年の部屋に行くことのできる魔法の塔を造る。十代だった〈彼女〉の、唯一十代らしい部分とも言えるね。だからこそ、いくらロベルトが完成させようと躍起になっても、〈彼女〉としては現実に形にするわけにはいかなかった。情動に身を任せずに、借り物ではない無垢な神話として終わらせるためにもね」

「だから……完成目前で崩壊するように設計したの？」

塔の崩壊の理由。

黒猫がさっき塔の崩壊を「〈物質〉の終わり」と言い換えた理由が、ようやく明瞭に目の前に映し出された気がした。

触れたい、愛し合いたいという、〈物質〉的欲求に歯止めをかけたのだ。

「十五年が経って〈物質〉は崩壊を迎え、二人を結びつける〈精神〉だけが残った。原初にあって、今日に向かって二人を引き寄せていたもの。あの絵コンテは、二人の人生にとってのア・プリオリな〈図式〉だったんだよ」

ア・プリオリ。

今はもう存在しない、ねじれた塔が、脳裏に広がった。

## 4

いつの間にか、皮膚が冷たく乾いていた。

夜が深まり、体温が下がってきたのだ。

「それじゃあ、〈彼女〉のベクトルは、はじめからトッレ監督に向けられていたのね」

「三年前から塔が〈成長〉しはじめたのがその証拠だ。ちょうどトッレ監督が『プロメッサ』の制作発表をしたのがその頃だろ？」

「そっか……」

かせてもらえた。

――三年前にやっと『プロメッサ』の企画が通り、スポンサーもついて、記者会見を開
塔の〈成長〉と、映画の進行は足並みを揃えていたのだ。

「記者会見を見ていた〈彼女〉は、トッレ監督が約束を覚えていることを確認し、未完の塔を徐々に完成させるべく動き出す」

「約束……」

「約束がなければ、走れない距離もある。ごく独りよがりなものであっても構わない。約束のあるなしでは、進化の速度が違ってくる」

自分にはまだよくわからない。そんな約束など持ち合わせていないから。

でも――本当にそうだろうか？

約束。

私の、約束……。

黒猫がこちらを見つめていた。

「約束は、二つの道が再び交わるポイントとなり、好むと好まざるとに拘わらず、必然的に両者を結びつける。それは限界に挑んだ芸術から次の芸術への〈精神〉の継承でもある。それこそ、ア・プリオリな未来だ。僕らはみんな、そういったものを一つくらいは持っていて、そこに向かって進んでいる。そうだろう？」

そう問われて、なぜか頰が熱くなった。

ア・プリオリな未来。

それは――。

「うん……」小さく頷くことしかできなかった。

それから、沈黙が流れた。ワインを流し込む。毛細血管が開き、アルコールが流れ込んでくる感覚。

「誰なの？　〈遡行する塔〉を設計し、トッレ・ガラバーニを今日まで導いた〈彼女〉って」

「わからないよ」

「わからない？」

「わかっているのは、あの土地が樋沼氏のものになる前も、ずっと屋敷にいて、なおかつ事故発生の直前まであの屋敷にいた誰かってことさ。生まれつきのものか後天的なものか、とにかくとんでもない知性の持ち主であることはわかっている」

「いちばん可能性が高いのは、料理人のアガタかしら」

「過去も現在もあの場所にいるという意味ではそうだ。ただ、それって今僕たちに与えられている情報からの推察でしかない。それを僕たちが知る必要はないのさ」

その言葉に、微かに違和感を覚えた。

黒猫らしくない。

何かを隠している？

さっきリツィアーノ氏に見せた封筒と関係しているのかも知れない。きっと黒猫はこの事件の真相をとっくに看破しているに違いない。

それをあえて口にしないのは、事態が芸術の未来に関わり、あらゆる物事に通底する〈虚構〉を一歩前進させる青写真を手に入れることになるからなのだろう。

未来は、生半可な覚悟で知るべきことではないのだ。それを知った瞬間から、望むと望まざるとに拘わらず、歴史に能動的に関与せざるを得なくなる。当然、それに伴う責任も発生するだろう。

それでも、尋ねずにいられないこともあった。

「樋沼氏はどうしてあの塔の下から発見されたの？　リツィアーノ氏はずっと、彼がガラバーニ建築の遺志を継いだのではないかと思っていたみたいだけれど」

「その点は、マチルドの推察どおりさ。〈彼女〉が造り方を教えたんだろう。それを信じた樋沼氏は自分自身が完成の一筆を入れられる喜びに魅せられてしまったんだ。樋沼氏が前日に言っていた。『芸術はそれ自体で一つの宇宙を成し、我々に鑑賞を要請する。だが、私が観たいのはつねにその一歩先だったんだ』とね。自分の観たいもののためなら、喜んで石材を運んだだろう。しかも、それはただの一ピースではなく最後の一ピースなんだからね」

「そんな……それじゃあ殺人じゃない！」

「殺人、そうだね。だが〈彼女〉が塔の崩壊を予見していたのかどうか、どうやって証明したらいいんだろう？　力学上はとっくに崩壊しているはずなんだから」

「それは……」

常識を超えた領域では、恣意的かそうでないかを判断するのは難しいだろう。

「建物の崩壊に関してはさまざまな要因が考えられている。たとえば、有名なピサの斜塔は、地盤が弱いから今なお傾斜し続けているという話だ。一時期ほどではないが、今も完全に傾斜が止まっているわけではない」

「そ、そうなの？　知らなかった……」

「〈遡行する塔〉だって、崩壊したのは地盤の問題かも知れないし、極限にまで傾いた状態で、さらに一羽の鳩が乗ったからといった思いもつかない理由だったりもするわけだ」

黒猫はリモンチェッロを飲み干し、「ちょっと爽やかすぎるな」と顔をしかめた。それから言葉を続ける。

「〈リモーネ祭〉で表通りは人で溢れかえっていた。この土地の地盤がいかほどかは知らない。しかし、あれだけ不自然な形をした塔のそばで、南側にだけ群衆が寄り集まったら、地盤に何らかの影響はあってもおかしくはないと思わない？」

「それじゃあ、塔の崩壊は、祭りの人出によって地盤が傾いたから？」

「そういう可能性もあるという話さ。建築物がなぜ崩壊したのかは議論が為されるべきだろう。コンピュータでは数値化しきれないさまざまな問題がある。建築家がこの設計で問題ないと言い、キュレイターが太鼓判を押して審査を通した建築物が、築後三年も経たずに崩壊したケースはいくらでもある。ましてや、建築不可能とまで言われたものだ。鳩や鴉が一羽止まっただけでバランスを崩すことも考えられるだろうね。どこまでが計画されたものなのかは、〈彼女〉に聞くしかあるまい」

影絵のような〈彼女〉。

話しているうちは、その存在は確固としてそこにあるのに、では何者かという話になると、途端に幽霊のように曖昧になっていく。

「〈彼女〉はガラバーニ邸に出入りするうちに、建築関係の本を読み漁り、誰にも気づかれぬうちにガラバーニその人を追い抜いてしまったのだろう。まるで、獲物をまるごと呑み込んで平然としているウワバミみたいな感じだな」

その比喩で、不意に〈彼女〉が怪物じみてくる。

「〈彼女〉はいったん屋敷を離れた後、別名を用いて長男のアルベルトの別荘となったガラバーニ邸に再び出入りするようになり、塔を〈成長〉させはじめた。ところが、ここに樋沼の手が入り込む。約束の十五年目はもうすぐそこだ。そこで〈彼女〉は樋沼に直接、自分が塔の制作者であることを明かす。そして、自分が表に出る気がないことを告げ、塔の完成を樋沼氏に任せてもいいと言う」

「樋沼氏は塔が完成したと同時に、世間に自分がガラバーニの遺志を継いで完成させたと主張するつもりだったの？」

「どうかな。彼の興味はもっと違うところにあっただろう。ＩＴ企業の社長を務める彼の興味は、世界のこれからのヴィジョンのような大きなところにあったはずだ」

「どんなヴィジョンなの？」

「テクノロジーが、真に自然のものとなるための道筋だろう」

「テクノロジーが——自然のものに？」

黒猫は静かに頷く。

「天上を目指さなくなった塔の行く末と、人類の進化を目指さず自然に帰属しはじめたテクノロジーの行く末は、ある意味で合致していたとも言える」

「それは、つまり——」

「人類の終焉だ。もっとも、人類が滅んでも、我々はテクノロジーの世界では恒久的に生き続けるのかも知れない。ちょうど、この過疎の進むリモーニアの町の中で、鮮やかな建築物だけが自然と融和しつつ脈々と来世紀まで存続するようにね」

昨日、散策した町の様子が浮かぶ。歳をとり、労働力に困っている老人たちと、それと対照的に生命力に溢れた黄色の屋根。

「一説によれば、樋沼氏は越してくるずっと前から、リモーニアに注目していたようだ。レモン社の社名もそこから来ているって噂だ」

聞き慣れた社名の由来が、今いる町だとは思わなかったが、そう聞くと納得できる気がした。

「樋沼氏は自然に帰しつつあるリモーニアを、テクノロジーモデルとしたんだよ。彼の目には、〈遡行する塔〉が町を人間の歴史から解放する形象と映ったのさ。塔の〈成長〉は未来。塔の完成こそ、彼の望んだことだったに違いない。それはあらゆるベクトルに作用する新次元の〈虚構〉を手にすることだからね。あるいは、彼は塔が完成と同時に崩壊する宿命にあることとすら知らされていたのかも知れない」

「塔の崩壊を知りながら塔に上ったの？　そんなの無茶苦茶だよ」

「彼は個人の命など顧《かえり》みない人間だ。塔が完成するには、必ず誰かが塔に上らなければならない。使命感に駆り立てられたとしても不思議はない。かくして、〈彼女〉は自分の手をいっさい汚すことなく、塔を崩壊させる」

「でも、それだけでトッレ監督は〈彼女〉のメッセージに気づける？　ただ単に樋沼氏が勝手に塔をよじ登って壊したと思うかも」

黒猫はこちらの空いたグラスにワインを注いでから無言のままキッチンへ向かった。それから、クラッカーを持ってきてテーブルに置き、再び腰を下ろして口を開いた。

「君はわかっていない」

「何が？」

「〈彼女〉はきちんとトッレ監督にサインを残しているよ。それはね、きっと完成した映画を観ればわかる。ラストシーンによく注目することだ」

「ラストシーン……」

「君が出演しているあのシーンに、すべてが隠されている。もっとも、彼が編集でカットしてしまう可能性もあるが」

群衆の中を、赤いワンピース姿の女がレリオのほうへと歩いていく。あのラストシーンが何だというのだろう？

さらに黒猫はこう付け加えた。

「彼は『ワンス・アポン・ア・タイム・イン・アメリカ』みたいな映画が撮りたいんだってね。メガホンをとったセルジオ・レオーネの後の評価を決定づけたのは、遺作となった『ワンス・アポン・ア・タイム・イン・アメリカ』だった。そういう意味では、トッレ監督は心のどこかでレオーネを自分の父親と重ねていたのだろうね」

〈遡行する塔〉によって、生前のすべての建築物への評価が見直された父。セルジオ・レオーネの映画手法を研究することは、父を超えるための必然的な道筋だったのかも知れない。

「実際、『ワンス・アポン・ア・タイム・イン・アメリカ』は優れた映画だよ。話の主役は時間そのもの。そして、終盤には固有の時代から脱却し、ストーリーの中から〈虚構〉だけを切り抜いて見せるんだ。そのようなラストになることは、オープニングからあらかじめ決定している。恐らく、セルジオ・レオーネをヒントにすること自体、〈彼女〉が十五年前に絵コンテの中に秘めた暗号だったに違いない」

リンダが、冒頭に大人になったレリオがギャング映画を観ているシーンがある、と言っていたのを思い出した。

そのシーンが、絵コンテに描かれていたのなら、当然トッレ監督はそのギャング映画を辿って、映画の基礎を学びはじめたはずだ。

「〈彼女〉ほどの天才なら、トッレの映画は序章でしかないに違いない。崩壊という完成を通して、塔をタイトルどおり原初の約束へと〈遡行〉させ、〈精神〉の継承を完結させた〈彼女〉が、次にどんな計画を抱いているのか興味深いね」

謎めいた口調でそう言い残すと黒猫は立ち上がった。

あくびが出た。

長旅の疲れが、今頃出てきたのかも知れない。

怒濤の二日間だった。

いったい今どうしてこんな場所に、黒猫といるのか。

宇宙の果てを彷徨《さまよ》うように、際限のない迷路。

答えは見えない。

しかし、心地よい迷子だ。

いつまでもここにいたい——心の底でひっそりとそう願った。

## 5

「あのね……ありがとう、あれ」

言葉が口から逃げていった。

逃がすはずのない言葉が、恥じらいと酔いの隙間をついて。

「あれ、とは？」

「シードルと薔薇」

黒猫は何も言わなかった。

否定も肯定もせず、ただキッチンに食器を下げる。

やがて、手を止め、立ち尽くす。

黒猫と自分の間に、これほど長い沈黙が流れたことがあっただろうかと思うほど、長い長い沈黙が流れた。

それでも、ソファに身体を伸ばして、目を閉じながら、ただ沈黙に身を委ねていた。そうすることが、この時間の決まりであるかのようだった。

「ときどき、思うことがあるんだ。身体とは何と不便な代物だろうってね」

「不便……？」

「たとえ実質的な身体など伴わなくとも、精神的な身体性みたいなものがあって、要するに精神の中にある身体性は直接的に欲求を満たしたがる。会話をかわしたい、ということ自体がすでに欲望の始まりだ」

欲望。強い言葉。けれど、何の誇張もされていない。それは欲望なのだ。

黒猫と話したい、と願うこと。それ自体が欲望である。

「そう。結局、僕も君も似たような場所を彷徨っている。まだ若いからだ。至高の芸術作品のようにはいかない」

「私と似たような場所を、黒猫も？」

黒猫は答えなかった。どんな顔をしているのか気になって、ゆっくり目を開くと、目が合った。

我が身がじりじりと焼けていくようだ。

頬も、火照《ほて》っている。

「どうした？」

「え、何が？」

目を閉じた。

「やけに顔が赤い。熱が？」

黒猫のひんやりとした手が、額に触れた。

それから頬に――。

「熱は……ないよ」

くるりとソファの背もたれに顔を伏せる。

「……そうか。よかった」

黒猫の気配が、遠ざかる。

離れていく。

馬鹿。なんで顔を背けたの？

いくら自分を叱責したところで、過ぎてしまった一瞬が、もう取り返しのつかないものであることに変わりはない。

もう一回――もう一回だけ、今の一瞬に戻って。

「少し眠るといい」

黒猫が、毛布をかけてくれた。

音もなく、再び静かに離れていく。それから、微かにベッドの軋む音がした。黒猫も横になったようだ。

ほどなく、静かな寝息が聞こえてきた。

見ると、さっきまでわずかに残っていたはずのマルサラ・ワインのボトルは、空になっていた。

「飲み過ぎですよ……」

たまゆらに、自分の頬に触れた手。

あれは――ただ熱を確かめたのか。

そんなわけないか。

その寝顔は、あまりに邪気がなくて、見ているだけで痛いくらいに胸が締めつけられた。黒猫が日本を離れてからもうすぐ一年。以前より、少しだけ精悍な顔つきになってきたような気もする。猫のような奔放な好奇心をもった天才は、その中に一滴の大人の香りを漂わせてもいる。

これから先、黒猫はもっと大人の雰囲気を身につけていくだろう。

けれど、こうして眠っている間は、黒猫は自分の近くにいて、目覚ましい知性のなかに隠れた素顔を見せてくれる。

ずっと走ってきたのだ。自分も、黒猫も。

「おやすみ」

黒猫の頬にそっとキスをした。

それから、「あっ」と思った。

どうしよう。

撮影のために口紅をつけていたことを思い出した。

キスマークが、頬についている。

あら……。

ここは冷静に対処しなければ。

慌てて拭くのはまずい。黒猫を起こしてしまう。

何かがこぼれたふりをして顔を拭く？

んん、不自然。

迷っていると——黒猫の腕がこちらに伸びた。

腕を摑まれ、抱き寄せられる。

何が起こったのか、わからなかった。

その唇の感触は、離れていた長い時間をすべて帳消しにするような、不思議な力をもっていた。

静かに、唇が離れる。

すう、と寝息が再び洩れる。

黒猫は——眠ったままだった。

許せん……とは言え、これでおあいこ。もういいや。キスマークなんか放っておこう。たとえ気づかれても強引に知らないふりで通してしまえばいいんだもの。幸い、口のほうは、黒猫の唇の色が微かに赤みを増した程度だ。こっちは気づかれる心配はないだろう。

ソファに戻り、毛布にくるまった。

眠りはまだとうぶん訪れそうになかった。

けれど、自分の部屋に戻ろうとは思わなかった。

明日の朝は、飛行場へ向かわねばならない。

黒猫と一緒にいられるのは今しかないのだ。たとえ、相手が過労と酔いのために眠ってしまっていても、その寝息に耳を澄ましていたかった。

息を吸う音。

息を吐く音。

吸う音のほうが微かに高音で、吐く音のほうが柔らかい。

吸う音は、欲求の音。

吐く音は、すべてを海に返す音。

その音の中に、はじめから答えが潜んでいるような気がした。

ア・プリオリ。

今日——黒猫とここでこんな展開になることも、あらかじめ決められていたことのようにすら思われてくる。

黒猫の寝息は規則的に続いている。

息を吸う音。

息を吐く音。

どっちの音も、ずっと耳の中にしまっておきたかった。

気がつくと、眠りに落ちていた。

# 第二章

## 1

朝になった。柔らかな光が部屋の中に入り込んでくると、身体の細胞の隅々にまで太陽の光が浸透するような心地よさとともに自然に目覚めることができた。

前の晩に使った食器を洗っていると、わずかに寝癖のついた黒猫が起きてやってきた。

頬にキスマークがついていることは、ご存じないようだ。

「ねえ、頬に何かついてる」

洗剤の泡がついた手で、それとなく頬に触れ、それからティッシュで拭い取った。取れた色は見せないようにそっとゴミ箱に捨てる。

「取れたよ」

「取らなくてもよかったのに」

「え？」

今、何て？

「洗うよ。支度しないと飛行機に遅れるぞ」

「……い、いいよ、まだ時間あるし」

黒猫はスポンジを手から奪った。

――取らなくてもよかったのに。

頬に何がついていたのか、知っていたのだろうか？

じっと横顔を見つめていると、その顔がそっとこちらに向いた。目は口ほどにものを言う、とはどこかで聞いたことがある。何かを語るよりも、どんな行動よりも、その黒猫の眼差しはすべてをあますところなく伝えていた。

そして、自分の決意を思い出した。

己の気持ちに向き合う。

黒猫への気持ちを、隠さない。

そう決めたではないか。

今しかないよ、と自分に言い聞かせる。

何をぐずぐずしているの？　早く言ってしまいなさい。

それなのに、顔を背けてしまった。

何をやってるんだ自分……。

逃げるようにソファの脇に置いてある手提げバッグを持つ。

「ごめん、残りお願いね。やっぱり部屋で支度してくる」

「……ああ。じゃあ十五分後に下で」

黒猫がどんな顔をしているのか、見るのが怖かった。

結局、一度も黒猫のほうは見ないで、部屋を出た。

ドアを閉める。

呼吸が、荒くなっていた。

顔を手で覆うと、洗剤の匂いが鼻孔をくすぐる。

よわむし。

自分に向けたのか、相手に向けたのか。

両方なのか……。

でも、もう一人の自分が主張する。

そういうことじゃない、と。

自分の部屋に戻った。何がいけなかったのか。

一つ一つじっくり考える必要があった。黒猫の気持ちが、はっきり見えた気がした。今までより、ずっとはっきりと。そして、もちろん自分の気持ちがどれくらい本気なのかも。

だから——待ったをかけた。

まだ、しなければならないことがある。

一歩でも二歩でも、研究者として成長して、黒猫に近づきたいからこそ、今じゃないでしょ、と。

それは、自分と黒猫の、言葉をかわさない約束みたいなもの。

涙が止まらなくなった。

昨日の夜の何もかもが、胸の中にあった。

黒猫の寝息の一つ一つさえも。

最初のうちはただ涙が流れているだけだったのが、気がつくと子供の頃みたいに声を上げて泣いていた。

ずっと会いたかったのに、会いたくて今日まで頑張ってきたのに。また何も心を告げずに離れ離れになっていくことを、どうしてよしとしてしまうのだろう？

泣き続けた。身体の中から水が消えてしまうくらい。

それから、顔を洗った。

冷たい水の感触が、今朝はやけに優しい。

荷物をまとめ、一階でチェックアウトを済ませる。まだそこに黒猫の姿はない。これからきっと黒猫は駅まで見送ってくれるつもりなのだろう。

けれど――。

泣き腫らした顔を、見られたくなかった。

それに、危ういところで踏みとどまった自分の決断が、揺らぎそうな気がした。もう一度黒猫の顔を見たら、せっかくの決断を覆したくなる。

車寄せコーナーで待っているタクシーに手を上げ、「リモーニア駅へ」と告げた。ドアを閉めると、車ははじめからエンジン全開で勢いよく走りだした。

何事か話しかけられたが、わかりません、とかろうじて英語で返した。その後は、車内は静かになった。

ヴァージル・ホテルが遠ざかっていく。

それは黒猫と自分の距離でもある。

また長い時間が待っている。黒猫のいない、長い長い日々が。

その先に、どんなゴールが待っているのだろう？

こんな苦しい思いをしなくても、本当は頑張れるのではないか。じつに馬鹿らしい選択をしたのかも知れない。あるいは、これもまた単に選択というポーズをとっただけの逃避なのか。

車体が揺れ、心も揺れた。

荒々しい運転に、このままこの地で死んでしまうのではと何度か肝を冷やしたが、そのおかげもあって、あっという間に駅に着いた。

パレルモ中央駅行きの切符を買う。バスを使う手もあったが、この地域ではバスは時間どおりに来ないと言われているから、多少面倒でも飛行機の出発時間を考えると、冒険をする気にはなれなかった。

テレビドラマなら、ここで恋人が追いかけてきたりして絵になるのだろう。でも、現実の世界ではそんなことは起こらない。もっとも、初めての土地でのこんな思いがけない再会が待っているのだから、現実も捨てたものではないけれど。

気持ちを切り替えよう。そもそもが僥倖。本来、ここで黒猫に会うなんて予定はなかったわけだから。

いくらそう思っても、気持ちはなかなか前向きにならない。己の下した決断を、今さらのように悔やんでいる自分がいた。

そのとき——緑色のパレルモ行き列車がやってきた。

一輌編成の小さな列車だ。その二番目のドアの前に並び、乗り込む。自分の前を歩く女性のシルエットに何となく既視感を抱きつつも、それが何に起因しているのかまではわからず行き過ぎようとした。

彼女が席に座る。その拍子に、顔を見た。

そこにいたのは、樋沼夫人だった。

ていただけ。

# 2

樋沼夫人と会話をかわしたことはなかった。ただ、樋沼邸の庭先で泣き崩れる彼女を見ていただけ。

しかし、彼女もまた、こちらの顔を覚えているようだった。

互いに頭を下げる。

「よかったら、お座りにならない？」

明瞭な日本語で、彼女はそう言った。

彼女は自分が先に陣取っていた奥の席を空けて通路側に座り、手まねきをした。その穏やかな表情には、昨日までの悲愴さはなかった。

「いいんですか？」

「もちろん。昨日はろくにお相手もできなかったから。でも、一目見てあなたに興味をもったのよ。どんな方なのかしらと思って」

「いえ、あの……見た目どおりの平凡な人間です」

樋沼夫人は口に手を当ててクスリと笑った。一つ一つの仕草が、優雅で品がある。

ドアが閉まり、列車が動き出した。

「あなたを見る黒猫さんの目が違ったわ。彼の特別なのね」

「……わかりません、私は黒猫じゃないので」

的確に答えられる答えを探すこと。唐草教授に教わったとおりに。

「あなたは名画みたいなものね」

「え？」

「名画は誰に見つめられていても、どう見られているのか、きっと知らないでしょう」

樋沼夫人の顔を見た。

それから、気になった。彼女の恰好だ。毛皮のコートの下は、紫のサテンのドレス。大きく開いた胸元には、巨大な真珠のネックレスが光っている。喪に服する女性の恰好ではない。

それに——。

「葬儀は、もうお済みになられたのですか？」

「アガタに任せてきたわ」

「アガタさんに？」

事務的なことはそれでいいかも知れない。でも、自分の夫の葬儀にいなくていいものだろうか？　感情としてそれは……。

「アガタはね、リツィアーノさんの娘なの。きっと彼も一緒に葬儀を滞りなく進めてくれるわ」

一瞬、言葉が出てこなかった。

リツィアーノ氏とアガタさんが親子？

そう言われて、思い出したことがある。リツィアーノ氏の昨晩の態度だ。アガタに疑いの目を向けたとき、心底嫌そうな顔をしたり、露骨にその話題を早急に切り上げるようにして、その場から立ち上がったりしたのも、父親ならば納得ができる。

「泣いていたのね。それもまだ一時間以内。でも、悲愴な涙ではない。どこか凜とした涙。今のあなたにはとてもよくお似合いよ」

樋沼夫人は、こちらの目を覗き込んだ。その目に、感情に幾重にも着込ませた服を剝がされた気がした。

「大丈夫。自分で選び取った未来には、悪いことは何も起こらない」

それはどこかしら予言めいた言葉だった。

自分で選び取った未来には、悪いことは何も起こらない。

「少し、建築の話をしても？」

「はい、あまり詳しくはありませんが」

「私も聞きかじった知識よ」

樋沼氏から、という意味だろうか。

「昨日の塔の崩壊、驚いた？」

「ええ、とても」

「でも、建築家は建物が絶対に崩壊しないと百パーセントの自信をもって建てているわけではなくってよ。どんな建物だって壊れる可能性はある。幼い頃に砂のお城をお作りになったことは？」

「あります」

「砂でお城を作るとき、崩れることを想定したりはしないわよね？　もちろんお城が崩れたことにがっかりしている時間も長くはない」

「そうですね」

砂の城なら、そうだろう。

「建築家は神の真似ごとをしているの。それは馬鹿げた、とても愚かしい遊びだわ。それゆえに価値のあることなの。芸術が馬鹿げたものでなかったら、この世はもっとつまらないものになっていることでしょうね。芸術に意味など必要ないわ」

「芸術に意味は――いらないんですか？」

「少なくとも今、人間が思いつくような次元での意味は、ね。私はそれを宇宙的と呼ぶけれど。だからこそ私たちは明日もまた砂山を作り続けるのよ。中には実験の世紀は終わったのだ、と考えている人もいるようだけれど、それはどうかしら。たしかにデュシャンやバウハウス、モンドリアンといった優れた人物たちが前世紀にやってのけた功績は大きい。だけど、都市のことを考えてみて」

「都市?」

「そこに暮らす人々の生活形態はずいぶん変わったわ。二十一世紀に入ってその変化は加速している。それは科学の進歩ということだけではなくて、たとえば一人一人の活動時間帯も多様化し、宗教や趣味も際限がなくなっている。完全に組織崩壊した社会において、芸術がこれまでと同じでいいと思う?」

「それは……」

芸術という見知った単語が、不意によそよそしい様相を呈する。突然、自分が足をつけている床や座っている椅子が消えて真空に放り出されたような感覚に襲われる。

「混沌とした渦の中で、機能する方法を探るのよ」

渦——。

「宇宙的に、ですか?」

「そう、宇宙的に。それは誰かがやらなくてはならないことなのよ。いかなる偶然によって崩されるのであってもね。まず身体を前に傾けること。そうすれば、おのずと足が前に出る。傾いた建物は歩けないけれど、人間は足を出せる。その意味では、いまだに建築は人間未満。やるべきことは山積みだわ」

「あなたは……」

「何？」

「いえ、何でもありません」

流れるようによどみなく語られる言葉の中に見え隠れする彼女の知性を、しぜんと畏怖していた。それは、動物園で巨大な動物を目の当たりにしたときの興奮に似ていた。

「人間の人生も、大なり小なり、いつ崩されるとも知れない砂のお城のようなものよ。無に帰したとて何を恐れる必要があるのかしら？　まだ私にもあなたにも次の計画がある。そうでしょ？」

次の計画――。

樋沼夫人の、次の計画が知りたくなった。

列車が駅に停まり、この駅を利用する人々を降ろし、次なる場所を目指す人々を乗せた。まるで呼吸をするように。

「あなたの次の計画とは何ですか？」

すると、彼女はにっこりと笑って答えた。

「計画は、約束があって初めて作られるものよ。それは誰かと誰かの約束かも知れないし、自分との約束かも。まだ言葉にしたことのない約束かも知れない」

ドアが閉まり、列車がゆっくりと動き出す。

そのとき、徐々に走り出した列車の窓の外に見知った顔の男性が現れた。彼は窓を二回ノックした。

あれは——たしか、刑事さんだ。彼は樋沼夫人を指し、何事か言っているようだが、残念ながら声はこちらには聞こえてこない。

樋沼夫人は微笑を浮かべて刑事さんに手を振った。

そのまま列車はスピードを上げて走り出した。

「……何か？」

彼女の顔をまじまじと見つめていると、そう尋ねられた。

「いえ……」

「あなたにここで出会えてよかったわ」

窓の外に目をやる彼女は、どこか遠い眼差しをしていた。

ふと、日本にいるわが母を思い出した。

母もよく、こんな顔をすることがある。

何か、ここではない遠くの場所に心を置いてきたような顔。

——まだ私にもあなたにも次の計画がある。そうでしょ？

そうですね、と内心で相槌をうつ。

そして、彼女なのだ、と確信した。

ロベルト・ガラバーニがその才能に心酔し、トッレ監督が恋した女性。樋沼夫妻は三週間、屋敷を留守にしてヴェネツィアにいた。二人が帰ってきたのは一昨日。トッレ監督が現場を離れた後だ。そして昨日予定されていた屋敷内での撮影は急遽なくなったようだった。つまり、トッレ監督は彼女の存在を知らないままなのだ。

名もなき天才建築家の〈彼女〉。

「あの――エレナさんはご結婚前は、どちらに？」

こちらの意図を察したのか、彼女は人差し指を左右に振った。

「その手には乗らないわよ。ここにも刑事がいるのかしら？」いたずらっぽく微笑む。

「大事なのはあなたと私が今こうして、この動く箱のなかで出会い、話し、何を感じたかでしょう」

「ごめんなさい……」

「なぜ謝るの？」

ふふ、と彼女が笑うと、世界が揺れる。違う。これは列車の揺れ。彼女のせいじゃないのに。まるで世界の理《ことわり》を彼女が説いているような錯覚に陥る。

「あなたが昨日着ていた赤いワンピース、かつては私もあんな服をよく着ていたわ。懐かしいわね」

それが、唯一の告白だった。

「黒猫さんに次に会うことがあったら伝えてくださらない？　約束を放って逃げたわね、と」

「約束……？」

「新しい構造には必ず新しい解釈が必要なの。そして新しい解釈はその構造と創造者に安らぎをもたらすのに……。もっとも、本当に大切な人との約束以外は、果たす必要はないのかも知れないけれど」

エレナ夫人と黒猫の間にどんな約束があったのだろう？

気になる。

でも、それはきっと自分にはわからないくらい奥深い思想的なやりとりに違いない。そうであるがゆえに、少しだけ嫉妬心が起こった。自分には到底入り込めない領域である気がしたから。

「二十秒だけ目を瞑ってくださる？　いいものをお見せするわ」

言われたとおりに目を閉じた。

本当にいいものを見せてくれると思ったわけではない。

彼女は〈物質〉を提示しない女なのだから。

二十秒。自分の感覚を頼りに、数えたあと、ゆっくりと目を開いた。わかっていたこと。

彼女の姿は消えていた。この小さな一輛編成の車輛のどこかにいるのは間違いない。

立ち上がって彼女を捜そうとしたとき、ケータイが鳴った。先月買い換えたばかりの新機種〈リモーフォン〉。携帯会社からのお知らせメールだった。それを開くと——。

その中に、エレナ夫人がいた。

「捜しちゃ駄目よ」

彼女はそう言って微笑むと、手を振って消えた。

携帯会社からのメールに現れたということは、彼女がこの数分の間にこちらのＩＣチップの情報を何らかの方法で読み取ったということだろう。できるのかも知れない。ＩＴ企業の雄、樋沼邦男から知識を吸収した彼女なら。

そのまま、パレルモ中央駅に着いた。

ドアが開くと同時に、先ほどの刑事たちが列車に駆け込み、彼女を捜しだしたが、どこにも彼女の姿は見えないようだった。彼女はすでに別のドアから列車を降り、群衆に紛れてしまったに違いない。

そして——きっと次の計画に移ったのだ。

さようなら、と声に出さずに呟き、前を向く。

列車の中は静まり返っている。

日本の混雑した列車とは違う、足元から響く列車の音と景色を楽しむ時間がここにはある。

自分にも、次の計画がある。

さっきの彼女の横顔は、今の自分のものでもあるかも知れない。

次の計画。

いつ実現するのかはわからない。

それでも――その時までは、と自分を律するとき、女はあんな顔になるのだろう。

それは、誰かとの約束ではなく、自分との約束だ。誰にも入り込めない奥底に、二人で過ごした瞬間をしまいこんだ自分自身との。

全速力で、駆けていくのだ。

できるよね？　黒猫。

「私は――できるよ」

目を閉じる。

列車の音。その隙間に、黒猫の寝息がまじってくる。

胸が苦しくなる。

開きっ放しの心の穴など放っておこう。

列車は、こちらの意思をまっとうするように、まっすぐに進んでいた。誰の想いを乗せているつもりもなく、ただそうするのが当たり前だというように。

走れ。

動き出した景色を追いかける太陽の光さえ、今はもう眩しくはなかった。

# エピローグ

「まったく！　あの日にもう一泊できてたら、ぜーったい私と黒猫には違う展開が待っていたのに！」

マチルドは一人そう声を上げながらアイス・カフェ・オ・レを一気にストローで吸い上げた。

アブルヴォワール通りに面したカフェのテラス部分には、この街区ならではの五月の陽光が眩しい。

「あの日」とは、二カ月前のイタリア行きのときのことだ。

グループ発表会さえなかったら、絶対にもう一泊して帰ったのに。

あの晩、黒猫は食事のあと、〈付き人〉と呼ばれた日本人女性と久々の再会で何を語ったのだろう？　その後は？

考え出すとあらぬ妄想で頭が爆発しそうになった。

あれ以来、まだ黒猫とじっくり話をする機会をもっていない。大学で会うことはあっても、黒猫の態度はつねに素っ気ない。好物のパフェでも与えなければ、声も掛けられないのだ。

聞きたいことはありすぎて、もはや爆発寸前になっていた。

その一方で――。

「何だか、素敵な人だったたな……」

〈付き人〉と黒猫が紹介した女性の顔を思い浮かべると、嫉妬の虫が少しだけ収まっていく。むしろ穏やかな感情が湧いてくるのはどうしたものか。

見ていて気持ちのいい人だった。大人しいし、少しおっとりしてもいるけれど、潮風のようなきりりとしたところがある。芯の強さと透明感。こういったものは異性同性を問わず、多くの人を惹きつける。そして、惜しむらくは自分にはないものだ、とマチルドは思った。

黒猫は日本に大事な人を置いてきている。それは間違いない。

心の中に想っている人がいるのだ。

もしも、黒猫にすでに恋人と呼べる存在か、それに準ずる存在がいるのならば、彼女に違いない。これも女の勘というやつだろうか。

誰が自分を選ぼうと、黒猫だけは自分ではなく彼女を選ぶだろう。それはマチルドを絶望的な気分にもさせ、同時に「それでこそ黒猫」と不思議な満ち足りた気分にもさせた。

「何をぶつぶつ言っているんだ？」

我に返り、声のするほうを振り向いた。

「黒猫……」

「僕に聞きたいことでも？」

彼はそう言って、ウェイトレスにパフェを頼んだ。

このパフェは黒猫のお気に入りなのだ。チャンス到来。長らく待っていた甲斐があった。

「ええ、ずっと聞きたかったことが。この間イタリアで、私が帰った後、どのようにお過ごしでしたか？」

「どのように？　何だ、君は僕の日記帳か何かか？」

人間が日記帳のわけはないのに。

「言いたくないならいいですよ」

「二カ月も前のことなんか忘れたよ」

「黒猫はそんなに忘れっぽくないはずですけどねえ」

切り抜けようとしてもそうはさせるものか。

しかし、黒猫はマチルドの発言を聞いているのかいないのか、静かな笑みを浮かべている。

微かな疲労の見え隠れする、空虚な眼差し。

幸せを満喫したって顔ではなさそうね、とマチルドは思う。

「ラテスト教授の容態は？」

「落ち着いています。今のところ、ですけれど」

医者には覚悟をするようにと言われていたし、マチルドとしてもずっと付きっきりでいたいところなのだが、肝心の祖父自身がそれを拒絶していた。「老いぼれの看病に費やす時間なんか、お前にはないはずだよ」と彼は諭すような調子で言うのだ。

「それは何より」

「そう言えば、なんでだか黒猫の付き人さんの存在を気にしていたようです。以前、『マニョシュ』の仏訳の件でお世話になったんだそうで。二人は無事に会えたのかって」

会えたよ、と答えてから、マチルドが不審げに祖父を見ると、彼は気まずそうな表情を浮かべた。そのときから、マチルドはある疑惑を祖父に抱いていた。もしや、日本の教授から「ロケ地へ彼女を向かわせるから、黒猫を研究にかこつけてシチリアに寄越してくれないか」みたいなことを頼まれでもしたのではないか。以前、黒猫の恩師であるカラクサなる人物とは古いつき合いだと祖父が話していたことを思い出す。

「黒猫、何か怪しいと思いませんか？　祖父とカラクサ教授」

もしや、シチリアの地での運命の再会を仕組んだのは老紳士二名なのではないか。

「何が？」

「何がって……」

「シチリアにいる間に唐草教授から一度連絡があったし、彼はその直前にラテスト教授と話していたようだ。お二人が僕たちの再会を知っていたとしても不思議はないよ」

「優等生的な回答……」

黒猫は運ばれてきたパフェに口をつけ、「やはりここのパフェは最高だ」と満足げに言った。誤魔化されている気もしたが、これ以上この話を続けるのも気が引けた。

「ところで」と黒猫は言った。「午後にはラテスト教授の家に報告に伺うよ。〈遡行する塔〉に関するレポートが正式に出来上がったから。それなりの成果は出ていると思うが、おそらくラテスト教授なら僕の数歩先をいく展望を開いてくれるだろう」

祖父ラテストはこのところ、ベッドで慣れないパソコンを操りながら「思考はあますところなくまとめておかねばならない」と体調と相談しながら執筆に勤しんでいる。孫の目から見ても、今の彼が生き急いでいるように見えて心配になるほどだ。

「芸術が抱えている二十一世紀的課題と、それに対する美学的な見解。塔とその崩壊が示したヴィジョンを完全に解体するには、まだまだ時間がかかりそうだ。僕にもはっきりとした答えは出ていない。だからこそ、ラテスト教授の意見を伺ってみたい。彼の言葉を聞けるうちに、しっかり聞いておかなくてはね」

もう齢七十半ば。肺を悪くしているのに、いまだにヘビースモーカーで、健康に気を遣う気は一切ない。

――なに、死はいつだって私の隣にある。頼もしい友人だよ。もちろん、死ぬまではもう少し生きていたいと思うがね。

そう笑って語るラテストの寿命は、あとどれくらいだろう？

「黒猫は、シチリア行きの後にヴァカンスをもらわなかったんですか？」

「辞退した。その代わり、今年の秋から半年、講義カリキュラムから外してもらった」

「え！　それは……にに、に、日本に帰るってことですか！」

黒猫はしばらく目を閉じ、何も答えなかった。

が、やがてゆっくり目を開いた。

「わからないな。僕がこの地に来たのは、君のおじいさんから思想を継承するためだ。それが済むまでは帰れない」

すなわち、継承さえ済めば、任期は短くなる可能性がある。

パリの大学は秋から新学期になる。

秋以降の予定を入れていないということは、黒猫は区切りをつけて日本に戻る可能性を視野に入れているのか。

まだつらくない。

引き返せるところにいる。

二カ月前、彼女を見たのは、いいきっかけだったのかも知れない。熱を上げはじめた自分に、神様が水をかけてくれたのだろう。

「君は午後、家にいる？」

「私、映画を観に行くんですよ」

「いいね。パリは料金が安い。日本は政府が芸術に対して金を出さないから、やたら料金が高いんだ。あれじゃ、そのうち誰も観なくなるし、映画産業に着手する人間自体がいなくなるんじゃないかな。学生のうちはちょっとくらい学問をサボって映画漬けになったって構わないよ」

「わーい、ホントですか？」

「レポートさえまともなものを出してくれればね」

「うっ……」

黒猫はパフェを半分ほど残した状態で、立ち上がった。

「で、何ていう映画？」

「『プロメッサ』です」

そのタイトルを口にした瞬間、黒猫は視線と風景とのあいだに何か別のフィルターが加わったような、独特の眼差しになった。

優しいような、けれど物寂しげな感じ。

日頃の毒のあるひんやりとした雰囲気とは違う。

「まあとにかく、楽しんでおいで」

「あの、黒猫もよかったら一緒に……」

「遠慮しておくよ。映画は一人で観る主義なのでね」

黒猫はそう言って立ち去った。

パフェのグラスの下には、紙幣が一枚はさまっていた。パフェとマチルドのカフェ・オ・レの両方を支払うにじゅうぶんな金額だった。最後に黒猫が見せた物寂しげな表情がよみがえった。

黒猫、あのとき、彼女のことを考えましたよね？

残されたパフェは、何も答えなかった。

それからマチルドは映画館へ向かった。

モンマルトルにある〈ＳＴＵＤＩＯ28〉。真っ赤な椅子、カーテンが印象的なこの上映室は、ジャン・コクトーの手がけたものらしい。今でも良質の芸術映画が数多く上映されている、古きよき伝統のある空間。大学に入ってからここで何回映画を観たか知れない。

映画館という空間は特殊だ。

そこに一歩足を踏み入れるとき、マチルドはいつも日常を置き去りにしてくるような、奇妙な後ろめたさを感じる。

路上で二時間キャンディを舐めていたって、そうはならないのに、映画館で時間を過ごすときばかりどうしてこうも得体の知れない罪悪感に捕らわれなければならないのか。昔から理不尽だと思っていたが、今日はその理由を理解できる気がした。

映画館には自分の心と対話する親密な時間がある。携帯電話の電源を切り、日常のしがらみをすべて捨て去って真っ暗な空間で、忙しなく動き続ける画面を目で追う。

その間に去来するのは日常の下にある無意識だ。

無意識と映画。両者が分かちがたく結ばれたとき、映画は個人的な体験となる。それは一切の関心を抜きに無意識と映像とを線で結ぶ秘め事なのだ。

虚構と現実の隙間に立って、束の間、闇と同化する。

自分はいま、何者でもない、とマチルドは強く思った。

ベルが鳴り、映画が始まる。

あらすじはすでにパンフレットで見て知っている。

ところが――始まった映像はまったく予想だにしないものだった。

最初のカットは、海を泳ぐクジラが尾で海水を撥ねかせ、白いしぶきを上げていた。続いて、無人島の風景ショットがえんえんと映された後で、その島の岩山の高みに止まる鳥のカットに切り替わる。

ナレーションが入る。

「我々は出会い、また旅立つ。色彩を知り、色彩を手放す。闇を知り、また闇を葬る」

鳥が飛び立つ。が、ズームアウトすると、それがパソコンの画面の中の映像だとわかる。その映像を編集している一人の男の背中。主演兼監督のトッレ・ガラバーニ。シートにもたれかかり、PCの奥にあるスクリーンでやる気なくギャング映画を眺めている。

やがて身を起こし、再びPC画面に目を戻すと、おもむろに編集作業をはじめる。集中していないことは、忙しない指の動きでわかる。

ほどなく、主観ショットに切り替わり、彼の眺めているデジタル・フィルムが、来月公開予定の彼の新作であることがわかる。室内を俯瞰するショット。周囲のスタッフたちは彼がその編集の最終作業をしているものと思っている。

再び主観ショット。彼はジュースをPCの上からそっとかけ、席を立つ。再び俯瞰ショット。スタッフたちが画面を覗き込むが、あとの祭り。デジタル・フィルムのデータは破損していた。スタッフたちは辺りを捜し回る。

——監督！　レリオ監督！　どこへ消えたんだ！

場面が変わる。

老婆が暖炉の前で安楽椅子に腰かけ、「映画監督失踪!」の記事を横目で見ている。それから、老婆は新聞を畳む。

彼女のもとに孫娘らしき少女が歩み寄る。

——おばあちゃん、なぜ老眼鏡もかけずに新聞を読むの?

——なぜ誰も救えない奴が大統領になる?

孫娘はぽかんとした表情を浮かべている。

窓の外では、もうすぐリモーネ祭が始まる。すごい人だかりだ。

老婆のアップ。彼女は鼻を微かに動かす。

——レモンの匂いだね?

——おばあちゃん、リモーネ祭よ。

孫娘の言葉に老婆は微笑む。

老婆を取り巻く空間が、仄暗い色彩へと変わる。モノクロ映像に切り替わったのだ。

カメラはその足元を映し出す。足と足の間から、ネズミが走り出す。カメラはそのまま廊下を走るネズミの背中を追いかける。

ネズミはドアの隙間から抜け出して、市場の人混みをすり抜けて行く。すると、カメラは一人の若い娘の足元を捉え、徐々に上へとスライドしていく。

赤いワンピースの娘の後ろ姿が、現れる。モノクロの映像の中で、彼女の服だけがくっきりとした赤を誇っている。

彼女がやってきたのは、公園だ。

芝生に寝そべる少年の顔に、タオルをかける。

出会いの場面。

すでに時空は過去へと移っているのだ。

〈レリオ〉の登場。

タオルをとる少年の顔がアップになる。

だが、彼は何も喋らない。二人が収まる引きの構図。カメラは彼女を終始背後から映し続ける。

一瞬見つめ合った後、走り去る娘の後ろ姿が、人混みに消えるまで、固定アングルの長回しで印象的に描かれている。

そして――場面が変わる。屋敷の様子がカメラによって映し出される。ガラバーニ邸の内部が、何者かの主観ショットで映し出される。誰かが歩いている様子を表しているのだ。撮影は表通りだけではなく、敷地内でも行なわれていたようだ。あの応接間にカメラは潜入する。

カメラは一人の男性のフルショットに切り替わる。先ほどからの主観ショットは、この男の目線だったようだ。どうやらここの主人らしい。

線の細い端整な顔をしたその男は、背を向けて作業をしている薔薇模様のピンクのドレスを着た女性に近付いてゆく。

彼は彼女に尋ねる。

――あの窓の外に見える娘は誰だ？

尋ねられた女性は、男の妻のようだ。

――昨日新しく入った日本人のタナカという娘です。

――タナカ。下の名は？

――エレナ。たしか、エレナです。

――エレナ……。

窓の外には、あの赤いワンピースを着た娘の後ろ姿が見える。

庭で花の香りを嗅ぐ後ろ姿がアップで捉えられる。

マチルドは息を呑んだ。

エレナ。

その名を聞いて、とんだ勘違いをしていたことに気づいた。エレナ夫人の出自について考えてもいなかったのだ。

それは彼女が富豪の妻であるということからくる思い込みだった。

先月、不明点があるからと捜査が長びいていたヒヌマ氏の一件も、ようやく事故死という警察の公式見解が出され、その翌週にエレナ夫人がレモン社の新社長に就任したと新聞は伝えていた。

まさか彼女がガラバーニ家の従業員だったなんて……。

さらに次の瞬間、マチルドは思わず口をぽかんと開けてしまった。

応接間全体がぐるりと映される。

並んでお辞儀をする従業員たち。

これは——どういうこと？

マチルドは混乱した。

画面の中に、ペネロペがいたのだ。彼女の口元には髭があり、胸はさらしでも巻かれているのか、男性のように平板だった。

少なくとも映画の中では、彼女は美しい男の執事として登場していた。そして、そんなペネロペをうっとりとした目で見ているお腹の大きな従業員が映されると、さらに驚かされた。

マリーア。

あの身体にフィットしないサイズ違いの制服が、画面の中の彼女にはぴったり合っていた。

〈レリオ〉の母親が言う。

――ジェシカは明日から産休に入るので、その代理です。

何てことだろう。彼女は妊婦役のために、身体に合わない衣装を着ていたのか。ペネロペもマリーアも屋敷の従業員ではなく、俳優？

いや、二人だけではない。

マルタもだ。

母親を演じているのは、マルタだった。それも、マチルドたちに接していたときとまったく同じ、薔薇模様のピンクのドレスを着たままで。

彼らは撮影のためにヒヌマ邸にいただけなのだ。

マルタだけが私服だったのは、妻役だったからだ。

マチルドはかつてテレビのインタビューでトッレ監督が話していた内容を覚えていた。

――僕は俳優に期待していない。役になりきって二、三週間撮影現場で暮らしてもらえれば、誰がやったって構わないんだ。

今回の撮影のために、ヒヌマ氏のお屋敷は開放されていたのだ。監督は、できるだけリアルな作りにするために、経験者を役に据えたのだろう。三人とも前職がメイドやホテルマンだったからこそ、俳優に抜擢されたのだ。妻の夫に対する畏《かしこ》まった態度も、もともと従業員だったという設定に違いない。

しかし、あの屋敷にいながら、映画の中に登場しない者もいた。死亡したヒヌマ氏とエレナ夫人、それとアガタ。

なぜ？　答えは一つしかない。

その三人だけが現実のヒヌマ邸にいる人間だから。

そこで思い出した。

リツィアーノ氏も黒猫も、マリーアやマルタやペネロペが塔を〈成長〉させている者の候補から除外されるべきだと知っているような口ぶりだったことを。マチルドや付き人の推理に二人ともニヤニヤと顔を見合わせていた。

──な、何がおかしいの？

──いや、君たちは問題をはき違えてるよ。

──え？

──アガタが解雇されないのはあの屋敷に必要だからだし、三人が解雇されたのは、あの屋敷とは何も関係がないよ。

黒猫もリツィアーノ氏も事前に知っていたのだ。あの屋敷が映画の撮影場所に使用されており、彼らが本物の従業員ではないことを。

最初にヒヌマ邸に着いたとき、リツィアーノ氏は黒猫にこんなことを言っていたではないか。

——メールでも話したが、ちょっと事情があって、賑やかなんだよ。ある意味、特別な時期に君たちは来たわけだ。

祭りのことを指しているいると思っていたが、そうではない。撮影が行なわれていることを示唆していたのだ。

それから、マルタが執事のペネロペを紹介したときも、黒猫が妙なことを言っていた。

——よく似合っていますよ、と伝えてくれ。

するとペネロペは答えた。

——仕事ですから。

〈仕事〉とは、彼女たちが今、役のために、その家の従者になり切っていることを意味していたのに違いない。

ヒヌマ氏に向けられたマリーアやマルタの視線が従業員と雇用者のそれではなかったのも当然。彼らはただ束の間、空間を共にしていた他人なのだ。ゲストと家主の談笑は従業員と雇用者の関係にあると信じて見れば、いかがわしく映る。実際には何もそれらしいことはしていないと言うのに。

そう言えば、アガタはみんなが集められていたことを話した時も他人事だった。

——ええ。たしかに、先ほど急に彼女たちは集められていましたね。

そして、従業員の構成について尋ねたときは、何か言いかけていた。

——それから執事が一人、女性従業員が二人……あ、でも今は……。

あの後きっとこう続いたはず。「でも今は休暇をいただいています」と。もちろん、映画の撮影のために。

さらにマチルドはマルタたちのかわしていた怪しい会話のことも思い出す。

——マリーア、その制服、何とかしなさいよぉ。

——今くらいラクにさせていただくわ、お姉さま。

撮影がオフの間くらい、中の妊婦役用の詰め物をとっていても構わないだろうと言いたかったのに違いない。

それに、レストランでリツィアーノ氏はマルタが勤め出した理由をこう語っていた。

——マリーアに誘われたらしいよ。募集してるから一緒にやらないかってね。

あの〈募集〉とは、映画のキャスト募集のことだったのだ。

マリーアが屋敷内で「仕事」の呼び出し電話を受けたのもそれならば頷けるし、リツィアーノ氏がマルタに「君のファンだ」と言ったのも、無名の女優を愛着をもってからかったと考えたほうがしっくりくる。マルタが屋敷に不慣れだったのも、回答が的外れだったのも、本当の従業員ではないからだろう。

あまりにも重大な錯誤。

スクリーンは、少年〈レリオ〉と従業員〈エレナ〉の内面には触れず、あくまで周囲の目から成長する二人を描いていく。

その合間合間に、現在へとフラッシュバックし、老婆の瞼の裏に広がる奇妙な幻影が錯綜する。その幻影は徐々に現実を侵食していく。ふとしたことをきっかけにして、すぐに老婆の時間軸や空間軸が混乱しはじめるのだ。モノクロとカラーが混在する不思議な映像へと変質していく。

——人間なんてものはね、行きつくところまで行ったら、あとはたった一つのはじめからあったものに帰っていくものさ。

老婆は孫娘相手にそんなことを呟く。

老婆の意識は、再び過去へ——。

〈レリオ〉が、〈エレナ〉と自分の父親との関係に嫉妬をたぎらせていく。少年の苦悩深き青春の日々。

しかし、マチルドは、それからの展開はほとんど見ていなかった。リモーニアでの出来事が走馬灯のように頭の中を巡り、収拾がつかなくなったのだ。

とはいえ、三人が俳優だと割り切ることで、合点のいくことがいくつかあるのも確かだ。塔が崩壊する朝、三人が屋敷から飛び出していったとき、彼らは何かに憤っているようだった。てっきりヒヌマ氏がクビを言い渡したからだと思っていたが、もしもあの時に、スタッフから台詞のある出演シーンを大幅にカットされ、ラストシーンでも出番がない、と告げられたのだとしたら？

現に、映画の中の彼らは、エキストラ的な扱いに終始しており、台詞もほとんどない。後半になると、出番すら消えていた。

——我々にとって、役を追われるほどつらいことはありません。

あれは、自分たちの出演シーンが大幅にカットされたことへの憤りだったのではないか。

この段に至って、マチルドはさらなる重大な勘違いに気づいた。ペネロペが屋敷を出るときに言った台詞の意味がようやく理解できたのだ。

——もちろん、塔の問題ですよ。ほかに何があるって言うんですか？

塔の問題ですよ。彼女はたしかにそう言った。

ただし、イタリア語で。

イタリア語で、塔はトッレ。

ペネロペはこう言ったのに違いない。

——もちろん、トッレの問題ですよ。ほかに何があるって言うんですか？

あれは、身勝手なトッレ・ガラバーニの采配を責めていたのだ。

そう考えると、遡って塔を案内してもらおうとしたときのマルタやマリーアの異様な反応も別の解釈ができる気がした。すなわち、マチルドがトッレ監督に会わせてほしいと依願している、と。もともと一般人が会いたがっても断れと言われていたのだろうし、監督はまだ現地にいなかった。だから「今は無理」だったのだろう。

　さらに、マチルドは散歩に連れ出してくれたエレナ夫人に朝の騒動について問いかけたときのことを考えた。

　――なぜ急に解雇に踏み切ったのでしょうか？　何か問題でもあったんですか？

　――わからないわね。彼なりの理由があるはずよ。彼は自分の好きなことになると人格が変わってしまうの。

　あのとき、彼女が言った〈彼〉とは、ヒヌマ氏のことではなかったのだ。トッレ監督のことを指していたのに違いない。あの日、トッレ監督は彼らを用済みとしたのだろう。さらに、あの言葉も。

　――彼は何でも唐突に決めてしまうの。

　エレナ夫人はトッレ監督と個人的な付き合いが過去にあったのだろうか？　もちろん、そうだろう。そうでなければ、トッレ監督の自伝的映画に〈エレナ〉の名が出てくるわけがない。

　つまり、塔を〈成長〉させていた人物は、エレナ夫人？

　マチルドは席にもたれかかり、茫然と映画を観続けた。

屋敷を襲うスキャンダル。父に復讐する〈レリオ〉。〈エレナ〉は町を去り、〈レリオ〉も映画監督になるべく町を出る。

やがて、映画の中の時空は、再び現代に帰ってくる。

いよいよクライマックスだ。

失踪した映画監督〈レリオ〉が、リモーネ祭の群衆のなかを歩いている。

そこに、あの老婆が現れる。黒いマントを被った彼女は人々の間に紛れて歩いていく。

カメラはその後ろ姿を捉えている。老婆が独り言を言う。

――終わりが来たようね。レリオ、今こそ知るときよ。誰が私をつくっていたのか。誰があなたの道をつくったのか。

老婆が、群衆のなかで倒れる。

老婆の倒れるシーンと、

〈遡行する塔〉の崩壊と、
カットが秒単位で交互に入れ替わる。

ああ、あの老婆と塔が同一視されているのだ。

奇妙なことだったが、マチルドはなぜかこの段階まで、自明のことに気づけずにいた。

老婆が〈エレナ〉だということに。

時空が歪んでいるのだ。

いや、そうではない。

それは彼女が生をまっとうしたことを意味しているのに違いない。あるいは、あまりにも恋い焦がれすぎたのか。

辺りが真っ暗になり、直後に光が溢れる。周囲の風景は強い光によって輪郭しか残らない。石膏で風景が固められてしまったかのようだ。老婆のための墓石さながらに。

ところが、次に起こったことはいかにも奇妙だった。黒いマントを脱ぎ棄てた、赤いワンピースの女が立ち上がったのだ。

もう老婆ではない。

かと言って、回顧シーンに登場した娘の〈エレナ〉でもない。

どこか上空から撮っているらしく、ゆらゆらと揺れる俯瞰ショットで映された後ろ姿だけのその女性は、黒猫の付き人だった。

現代の〈エレナ〉――いや、〈エレナ〉ですらない。名前をもたぬ〈彼女〉という記号がそこにあった。再び人の流れが動き出す。だが、その動きは微かにスローモーションになっている。正常に動いているのは〈彼女〉だけ。

カメラは切り替わり、男性を正面から捉える。

大人になった〈レリオ〉。演じているのは、もちろんトッレ監督。〈レリオ〉は〈彼女〉を見つける。カメラは〈彼女〉を背中から映し、肩ごしに〈レリオ〉を映している。

その刹那――〈彼女〉は彼の顔に、レモンの汁をぎゅっと振りかけて逃げた。

「え……？」

思わず声を上げてしまう。

あの時自分が見た光景はこれではない。

キスシーンはどこへいったの？　黒猫の付き人とトッレのキスシーンが消えている。カメラが入れ替わる。今度はトッレの背中からのショット。

すぐに人混みに消える〈彼女〉。立ち去る間際、一度だけ彼女が振り返る。マチルドは自分の目を疑った。

それは、付き人ではなく、エレナ夫人だったのだ。

挑発的でもあり、力強くもある眼差しが、ヒヌマ邸の三階の窓から最初に自分たちを見つめていたものであることも、同時に理解できた。

マチルドと黒猫を散歩に連れ出したとき、エレナ夫人は毛皮のコートを羽織っていて中に何を着ているのかは見えなかった。この瞬間のために、彼女は下に赤いワンピースを着ていたに違いない。

どこで付き人とエレナ夫人は入れ替わったの？

映像のマジックだ。映画はシーンとシーンを切り貼りして編集でつなげることができる。レモンをかけるところまでは付き人。そう、そこまでは編集の痕跡はなかった。

カメラが切り替わったのは、彼女が去った直後。

もしかして――。

トッレ監督にキスをした女は、付き人ではなくてエレナ夫人だったということか……。

そしてそのシーンはカットされ、幻となった。

想定外の出来事だったからだ。

エレナ夫人が消えた直後、黒猫が人々の渦の中から〈付き人〉の腕を摑んだがために、マチルドは彼女がキスをしていたと勘違いしてしまったのだ。

だが、カメラが次の場面を映したとき、それはどうでもいいことになった。人だかりの中で一人、一点を凝視している男を見つけたのだ。

黒猫。彼は直前まで、〈レリオ〉と〈彼女〉の接吻を目にしていたようだ。が、すぐに彼はそこから視線を外す。別の何かを見つけたのだ。その目に優しい色が浮かぶ。

黒猫はマチルドと同じように、接吻をしていた〈彼女〉が〈付き人〉だと、一瞬だけ勘違いをしたのだろう。

同じ赤のワンピース、二人とも同じくらいの長さに伸びた黒髪をくるりとまとめ上げているところや、肩幅の雰囲気、妙に姿勢がいいところはよく似ていた。

黒猫はカメラのフレームの外に、付き人の姿を認め、自らの勘違いに気づいたのに違いない。スクリーンのほんの目立たない片隅。だが、マチルドにとってはその黒猫の姿がこの映画のすべてとさえ思えた。

スクリーンが左隅から徐々にフェイドアウトしていく。

最初のシーンに戻ったのだ。トッレ監督演じる成人した〈レリオ〉がジュースをこぼしたパソコンの中にあった、この世から消去されたデジタル・フィルムこそ、今マチルドたちが観ていた映画だったとわかる。

彼は立ち上がり、独り言を呟く。

——行かなければ。彼女との約束がある。

出て行く彼の足元だけを追いかけるカメラ。

やがて、カメラはボストンバッグのチャックを閉める場面をアップで映し出す。彼が旅支度を終えたことを表しているのだ。

旅立つべくアパルトマンを出たところで、もっとも彼に近しい助監督が、旅に出る直前の彼をどうにかつかまえ、破損したフィルムのデータをどうするのかと尋ねる。

〈レリオ〉がクローズアップされる。

彼は疲れた微笑を浮かべて言う。

——次の景色を探すさ。もうそこには、僕も彼女もいない。

エンドロール。

拍手喝采となる映画館のなかで、マチルドは溜息をついた。

「あぁあ」

いやになっちゃう。確定ではないか、これで。

いま、マチルドははっきり見たのだ。

黒猫の想いを。

映画のなかに、それはしっかりと刻み込まれていた。さっきの哀切な目で一点を見つめる黒猫の顔を思い出すと、笑みが洩れてきた。

あの表情が何よりの証。この映画を、一日も早く日本にいる彼女が観ますように。

二人はきっとあの晩も、あと一歩を踏み込めないまま終わったに違いない。面倒くさい二人。にも拘わらず、二人の運命には誰も割り込むことができない気がした。二人の間で、はじめから目に見えない約束がかわされているのだろう。

エンドロールが終わらぬうちにマチルドは立ち上がると、出口へ向かって歩き出した。

頬に伝う涙はそのままに。変に思う人はいまい。ここは映画館。誰もがスクリーンの虚構に涙するものなのだ。

ドアを開く。光が、リモーニアの町に実をつけるレモンの雫のように、

マチルドの瞼を刺激した。

その光の中に、感じることができた。

言葉にはされない、

黒猫と、彼女の約束を。

fin

# 主要参考文献

『ポオ小説全集2』エドガー・アラン・ポオ／大西尹明他訳／創元推理文庫
『ポオ小説全集3』エドガー・アラン・ポオ／田中西二郎他訳／創元推理文庫
『ポオ　詩と詩論』エドガー・アラン・ポオ／福永武彦他訳／創元推理文庫
『ガウディの装飾論　20世紀に見失われたガウディの思想』松倉保夫／南風舎
『建物が壊れる理由　構造の崩壊――その真相にせまる』マッシス・レヴィ、マリオ・サルバドリー／望月重、槇谷栄次訳／株式会社建築技術
『セルジオ・レオーネ　西部劇神話を撃ったイタリアの悪童』クリストファー・フレイリング／鬼塚大輔訳／フィルムアート社
『一人でもできる映画の撮り方』西村雄一郎／洋泉社
『虚構の音楽　ワーグナーのフィギュール』フィリップ・ラクー＝ラバルト／谷口博史訳／未來社
『ザハ・ハディッドは語る』ザハ・ハディッド、ハンス・ウルリッヒ・オブリスト／瀧口範子訳／筑摩書房

『純粋理性批判』カント／篠田英雄訳／岩波文庫
『構造と解釈』渡邊二郎／ちくま学芸文庫
『美学辞典』佐々木健一／東京大学出版会
『美学のキーワード』W・ヘンクマン、K・ロッター編／後藤狷士、武藤三千夫、利光功、神林恒道、太田喬夫、岩城見一監訳／勁草書房
『芸術学ハンドブック』神林恒道、潮江宏三、島本浣編／勁草書房

# 約束の朝

——黒猫視点によるヴァージル・ホテルの朝——

※必ず本篇読了後のデザートとして
お召し上がりください。

宿泊していた部屋を出てエレベータに乗ったときから、ロビーに彼女がいないであろう予感はあった。

彼女がこちらの部屋を去ったのは十五分前のこと。それから急いでシャワーを浴び、身支度を整えた。身体にはまだ前の晩の疲労とアルコールが残っていた。少し飲みすぎたか。窓を開けると、リモーニアの心地よい風が舞い込んだ。同時にレモンの香りが入ってくるのは、今日がリモーネ祭の二日目だからだ。

ふと——唇に指を当てた。触覚は記憶とつながっていて、そのひと触れが昨夜の寝しなの出来事を思い出させた。

まどろむ意識のなかで、彼女にされた頰への接吻。その後、もう一度顔を近づけられた時、なぜあんなふうに手を伸ばしてしまったのか？　それについては今も答えは出ていない。

ロビーに着いた。ソファに腰を下ろしてしばらく現地新聞に目を通すと、前日の〈遡行する塔〉の崩壊が記事として出ていた。そこで命を落としてしまった実業家のことも。塔の本当の設計者が誰かを、彼女は勘違いしていた。真実を知っていながら教えなかったこちらも悪かったのかも知れない。しかし、設計者と思しきあの人も、もはや樋沼邸に長居はできまい。警察がその存在を嗅ぎつけるはずだから。

時計を見た。待ち合わせの時間を五分すぎたのに、彼女は現れない。時間に遅れるのは彼女らしくない。やはり先に行ったのだろう。

気持ちはわからなくはなかった。今ここでうつつを抜かしている場合ではない。運命は、少なからず心を支配する。陸路を離れて、岸から一艘の船に乗るようなもの。漕ぎだす前には、準備が必要だ。一度漕ぎだしたら二度ともとの岸へ引き返すことはないのだから。

電話が鳴った。彼女だろうか。通話ボタンを押す。

「彼女には会えたかね?」唐草教授だった。

「ええ。教授が仕組んだんですか?」

「人聞きの悪いことを言うね」と唐草教授は笑った。

窓辺に近づく。車の行き交う大通り。彼女はもう、この道をまっすぐ進んで駅へと向かってしまったに違いない。

彼女の決めたこと――いや、二人で決めたことか。恐らく、自分たちには、これ以外の未来はあり得なかっただろう。つまり――。

「どうだね？　そろそろこっちに戻ってくる気はないのかね」

「……まだ思想の継承が終わっていません。ラテスト教授という知の海には、可能なかぎり深く潜らなければなりません」

「もちろん。だが、どうだろう？　先日ラテストと電話で話した感じでは、君はすでにかなりの水深に達しているようだが」

そうなのだろうか？　この海は計り知れないほどに深く、自分が今どのあたりに位置しているのかがわからないのだ。

「終わり次第、帰りたいとは思っています」

本心だった。そして、彼女に会ってからは、余計に。

「早ければ半年、遅くとも一年で」

「前向きな発言を聞けてよかった。彼女を行かせた甲斐があった」

「べつに彼女のためというわけでは……」

「ではでは、オ・ルヴォワ《またね》」

通話は一方的に切られた。唐草教授のことだ。彼女と自分の静かな関わりに対して、それなりに考えるところがあるのだろう。

それにしても、まさかあと一年で帰るという言葉が自分の口から飛び出すとは思わなかった。本気か？　可能なのか？　だが、もう言ってしまったのだ。何とかするしかあるまい。

「思っていたより、会いたかったか」

誰に言うともなくそう呟いた。それからもう一度、唇に触れた。指で触れると、昨夜の感触がよみがえった。ちょっと卑怯だったか。しかし、彼女が先にしたのだからおあいこだろう。

半年——か。見えない約束を胸にしまい込むと、チェックアウトを済ませるべくフロントへ向かい、そのついでに彼女を見なかったかと尋ねた。

ホテルマンは訛りのないイタリア語で答えた。

「昨夜ご一緒にお食事をされていた女性でしたら、先ほどタクシーでお帰りになりました。たいへん申し上げにくいのですが、その、少し、目を腫らしておられたようですが……」

意味深な眼差し。追わなくていいのか、と言いたいようだ。

泣いていたと聞いただけで、胸がざわつくのはどうしたわけだろう？　だが、目を閉じ、感情をやり過ごしてから答えた。

「ご心配なく。合流することになっていますから。約束の場所で」

「……それならよかったです」

約束の場所で——。茫漠たる前途が、その言葉で不意に輪郭を持ち始める。未来が、動き出したのだ。

鞄を持つと、回転扉に向かった。

歩け。いつものように。そして、彼女とかつてあの公園でそうしていたように——歩け。


本書は、二〇一四年九月に早川書房より単行本として刊行された作品に、掌篇を加えて文庫化したものです。

著者略歴　1979年静岡県生，作家『黒猫の遊歩あるいは美学講義』で第１回アガサ・クリスティー賞を受賞。他の著作に『黒猫の接吻あるいは最終講義』『黒猫の薔薇あるいは時間飛行』『黒猫の刹那あるいは卒論指導』（以上早川書房刊）などがある。

HM=Hayakawa Mystery
SF=Science Fiction
JA=Japanese Author
NV=Novel
NF=Nonfiction
FT=Fantasy

# 黒猫《くろねこ》の約束《やくそく》あるいは遡行未来《そこうみらい》

〈JA1247〉

二〇一六年十月　十日　印刷
二〇一六年十月十五日　発行

（定価はカバーに表示してあります）

著者　森《もり》　晶《あき》麿《まろ》
発行者　早川　浩
印刷者　草刈龍平
発行所　株式会社　早川書房

郵便番号　一〇一 - 〇〇四六
東京都千代田区神田多町二ノ二
電話　〇三 - 三二五二 - 三一一一（大代表）
振替　〇〇一六〇 - 三 - 四七七九九
http://www.hayakawa-online.co.jp

乱丁・落丁本は小社制作部宛お送り下さい。送料小社負担にてお取りかえいたします。

印刷・中央精版印刷株式会社　製本・株式会社明光社

ISBN978-4-15-031247-3 C0193



本書は活字が大きく読みやすい〈トールサイズ〉です。